"어? 아니…… 그건……."

히이라기
세이이치
인간

"안 될까요……."

"⋯⋯그냥 내버려 두세요."

"내버려 둘 수 없어.
이런 곳에 외톨이로 있다니
쓸쓸하잖아!"

조라
메르곤
⋯⋯⋯⋯⋯
뱀족

Contents

진화의 열매

8

모르는 사이
성공한 인생

Miku 지음 Umiko
미쿠 U35
일러스트

송재희
옮김

놀라운 만남

"……갑자기 나타나서 이상한 말을 하는군. 용사의 스승? 초대 마왕? 하! 거짓말을 할 거면 좀 더 제대로 하지 그래."

제아노스와 루시우스의 출현에 깜짝 놀랐던 【마신교단】의 사도, 로디아스는 이내 여유를 되찾고 코웃음 쳤다.

"초, 초대 마왕님……이라고……?"

"거, 거짓말이지? 그치……?"

"하지만 저 뿔은 틀림없이 우리 마족의 뿔이야. 하지만 초대 마왕님이라니……."

그런 로디아스와는 별개로 루시우스의 말을 들은 마족들은 전에 없이 경악하고 있었다.

각자 놀람을 보이는 가운데, 장본인인 루시우스만이 태평하게 웃고 있었다.

"으음…… 뭐, 못 믿는 것도 무리는 아니지. 하하하하하."

"……흥. 상황 파악을 못 한 모양이야. 너희의 정체가 뭔지는 모르겠지만 여기 온 이상은 죽어 줘야겠어."

로디아스의 무시무시한 위압감에 다른 마물과 싸우고 있는 제로스와 조르아조차 오싹함을 느꼈다. 그런데도 제아노스와 루시우스는 여전히 여유로웠다.

"흠…… 루시우스 공. 이곳은 내가 맡지. 귀공은 마물들을 상대해 주겠나?"

"응? 맡겨도 될까?"

"물론이야."

심지어 혼자 상대하겠다는 제아노스의 말에 로디아스는 눈썹을 꿈틀거렸다.

"……날 아주 우습게 봤네. 하지만 내가 상대할 것도 없이 마물이 네놈들을 죽일 거다!"

"그갸아아아아아아!"

"크아아아아아아!"

마물들이 제아노스와 루시우스에게 달려들었다.

그런 마물들을 루시우스의 놀라우리만큼 싸늘한 시선이 꿰뚫었다.

"시끄러워."

그 한마디에 마물은 입을 다물었다. 아니, 움직임조차 멈췄다.

이성을 잃었을 터인 마물들이 남아 있는 본능을 따른 결과였다.

마물들이 움직임을 멈추자 루시우스는 만족스럽게 고개를 끄덕였다.

"옳지, 착하네."

마족군 면면과 【성검의 전투처녀】 멤버, 그리고 로디아스 조차도 경악하여 눈을 크게 떴다.

"……말도 안 돼……. 어떻게 된 거야……?!"

"흠, 내 앞에서 한눈을 팔다니 놀랍군."

"무슨?! 억!"

루시우스의 힘에 정신이 팔려 제아노스를 까맣게 잊고 있던 로디아스의 옆구리를 제아노스의 칠흑색 세검이 갈랐다.

로디아스는 곧장 거리를 벌리려고 했지만 제아노스는 그것을 허락하지 않았다.

"네놈은 이미 공격할 기회를 잃었다."

그 후로 제아노스의 노도와 같은 공격이 이어졌다.

로디아스는 제아노스의 공격을 필사적으로 막으려 했지만 제아노스의 세검은 마치 살아 있는 생물처럼 움직이며 로디아스의 방어를 쉽사리 빠져나갔다.

"말도 안 돼, 말도 안 돼, 말도 안 돼! 마신님의 힘을 받은…… 내가……?!"

"【마신】? 그게 뭐 어쨌다는 거지. 이쪽은 명계조차 굴복시킨 【인간】과 함께 있었다."

"뭐, 뭐라고?!"

"발이 허술하군."

동요하여 생긴 한순간의 틈을 노려 제아노스는 로디아스의 발을 꿰뚫었다.

"으아아아악!"

"도적이여, 계속 싸울 건가?"

제아노스는 세검에 묻은 피를 털며 그 자리에 웅크리는 로디아스에게 물었다.

그 여유는 강자에게만 허락되는 것이었고 지금까지 로디아스는 그 입장에 있었다.

그랬던 것이 지금은 역전하여 올려다봐야 하는 처지였다.

"⋯⋯이럴 순 없어. 있어서는 안 될 일이야⋯⋯! 마신님의 힘을 받은 우리 사도들이 패배하다니⋯⋯!"

기력을 쥐어짜 일어난 로디아스는 주위에 대량의 단검을 출현시켰다.

심지어 그냥 단검이 아니었다.

하나하나에 다양한 속성과 효과가 부여된 특제 단검이었다.

"죽어!"

로디아스가 팔을 휘두름과 동시에 단검은 제아노스를 노리고 날아갔다.

육박하는 단검을 냉정하게 바라보고서 제아노스는 뒤로 획 물러났다. 그러나 단검은 속도를 유지하며 제아노스를 추적했다.

"그 단검은 네놈을 죽일 때까지 쫓을 거다⋯⋯!"

"흠⋯⋯."

제아노스는 단검들을 피하며 고개를 한 번 끄덕였고—

"『다크 홀』."

"뭐야?!"

돌연 제아노스와 단검 사이에 칠흑색 공간이 생겨났다.

그 공간에 단검이 빨려 들어가자 단검은 공간과 함께 소멸했다.

"『다크 체인』."

"무슨?!"

게다가 거기서 끝나지 않고 제아노스는 이어서 마법을 사용했다.

칠흑색 사슬이 나타나 로디아스를 구속했다.

"실례. 사후 『암흑귀족』이라고 불렸던 자여서 말이지. 암속성 마법은 특기야."

"윽!"

필사적으로 구속을 풀려고 했지만 칠흑색 사슬은 꿈쩍도 하지 않았다.

마구 몸부림치는 로디아스에게 제아노스는 세검을 조용히 들이댔다.

"아쉽게 됐군. 즐거운 시간은 끝이다."

"제…… 젠자아아아아아아아앙!"

―이리하여 로디아스는 구속되었다.

◆　◇　◆

『큭! 수가 너무 많아……. 얼마나 쓰러뜨려야 종언이 보이는 것인가……!』

『검은 성기사』는 다가오는 마물을 자신의【흑염(黑炎) 마법】으로 모조리 불태웠다.

【흑염 마법】은『검은 성기사』만이 쓸 수 있는 고유 마법으로, 화속성 마법과 달리 동료를 보조할 수 있는 특수한 마법이었다.

그 외에도 통상적인 화속성 마법보다 강력한 마법이 많이 존재하지만『검은 성기사』는 보조 특성을 살리는 쪽이 특기였다.

『음, 엘레미나 님!【수호흑염】!』

『검은 성기사』는 시야에 들어온 국왕 란제의 아내 엘레미나에게 마법을 썼다.

그러자 칠흑색 불꽃이 엘레미나의 몸을 감쌌다.

"『검은 성기사』구나! 고마워!"

『감사받을 만한 일은 아닙니다.』

"그건 그렇고…… 정말 언제까지 샘솟으려는 건지! 이대로는 우리의 체력과 마력이 바닥날 거야……."

흑염과 번개를 두른 엘레미나는 눈앞에 다가온 용형 마물을 수도로 두 동강 냈다.

다른 S급 모험가들도 처음에는 여유로웠지만 점차 얼굴에 초조함이 떠오르기 시작한 상태였다.

상대하고 있는 것은 약한 마물이 아니라 S급 마물이었다.

일견 여유롭게 대처하고 있는 것처럼 보이지만 범인은 알 수 없는 수준으로 섬세하고 신중하게 싸우고 있었다.

레벨이 높고 방어력이 높아도 S급 마물의 일격을 맞으면 재기 불능이 되는 것은 확실했다.

플로리오가 이끄는 마법사단도 뒤에서 원호하고 있으나 그쪽도 마력이 다 떨어지고 있었다.

끝은 반드시 있다.

하지만 그 끝에 도달할 비전이 그들에게는 보이지 않았다.

―그런 그들에게 생각지 못한 원군이 찾아왔다.

"갈루스! 수비가 허술한 쪽을 원호해 줘! 안나는 되도록 많은 마물을 교란하고, 릴리아나는 물리 공격이 잘 듣지 않는 녀석을 상대해 줘!"

"그래! 맡겨 줘!"

"간다!"

"네!『플레임 레인』!"

"어?"

일찍이 용사로서 활약했던 아벨 일행이 도착한 것이다.

갑자기 나타난 낯선 원군을 보고 엘레미나를 포함해 그 자리에서 싸우던 모두가 놀란 표정을 지었다.

그런 그들을 신경 쓰지 않고 아벨은 근처에 있던 마물 몇 마리를 단칼에 베어 버리고서 곧장 또 다른 마물을 섬멸해 나갔다.

용사 일행의 전사 갈루스는 거대한 방패를 들더니 다쳐서 움직이지 못하는 병사와 마물 사이에 끼어들어 방패로 마물을 후려쳤다.

사냥꾼 안나는 활과 투척 단검을 사용해 많은 마물의 의식을 교란하고 혼란스럽게 했다.

현자 릴리아나는 아벨의 지시대로 가끔 섞여 있는 물리 공격이 잘 듣지 않는 마물을 강력한 마법으로 매장했다.

아벨 일행의 섬멸 속도는 심상치 않아서 마물의 수가 쭉쭉 줄어들었다.

"한 번 죽었을 뿐만 아니라 세이이치와 만났더니 이 정도는 아무렇지도 않게 느껴져……!"

쓴웃음을 지으며 아벨이 마물을 쓰러뜨리고 있으니 손발이 달린 보물상자가 말을 걸었다.

"……나, 힘, 보태?"

"응? 아니, 우리만으로도 충분해! 너는 세이이치의 부모님을 지켜 줘!"

"……알겠다."

보물상자는 순순히 고개를 끄덕이고서 근처에 있던 싸우지 못하는 일행을 호위했다.

보물상자가 지키고 있는 세이이치의 부친 마코토가 눈앞의 광경을 보고 중얼거렸다.

"……오면서도 지구에서는 못 봤던 생물들을 봤지만, 드래곤까지 있구나……."

"지구에 나타나면 난리가 나겠어요."

"으음…… 보아하니 마물? 이라는 생물은 인간을 적극적으로 공격하는 것 같아. 그러고 보니 제아노스 씨가 사냥해 왔던 생물의 고기도 마물이었지?"

"그랬죠. 마물이라길래 맛이 어떨까 싶었는데 평범하게 맛있었어요."

"뒤숭숭하지만 이게 이 세계의 문화겠지."

"네……. 드래곤 고기는 얼마나 맛있을까?"

"그건 나도 궁금해. 나중에 아벨 군에게 부탁하지."

보고 까무러쳐도 이상하지 않을 광경인데도 세이이치의 부모님은 변함없는 마이페이스라서 보물상자는 「이 두 사람, 너무 거물 아닌가?」 하고 생각했다.

실제로 제아노스의 메이드인 마리와 평범한 꽃집 아가씨인 나튜리아나는 눈앞의 광경을 보고 공포를 느끼고 있었다.

보물상자가 그렇게 생각하고 있는 줄도 모른 채 히이라기 부부는 아벨이 어떤 마물과 대치한 모습을 보고 얼굴을 마주 보았다.

"카즈미……."

"네, 저 마물……."

"……? 무슨 일?"

묘한 반응을 보이는 두 사람에게 보물상자가 물었다.

그러자 오히려 마코토가 질문했다.

"저기, 보물상자 씨. 아벨 군이 있는 곳까지 우리를 데려다줄 수 있을까?"

"……어? 가능하지만…… 위험하다."

"그건 잘 알고 있어."

"……꼭 가고 싶은가?"

"그래. 중요한 일이야."

"……알겠다."

마코토의 말도 놀라웠지만, 마리와 나튜리아나는 보물상자가 수긍한 것에도 놀랐다.

"위, 위험해요! 왜 그런 위험한 짓을?!"

"마리 씨, 괜찮아. 보물상자가 지켜 준다고 했는걸."

"그래도 절대적인 건 아니에요!"

"알아. 하지만 가야만 해."

만류하는 마리를 다독이고서 마코토와 카즈미는 보물상자의 보호를 받으며 아벨 곁으로 향했다.

아벨은 눈앞의 마물과 대치하며 틈을 엿보고 있었다.

마물은 두 개체가 함께 행동했는데 아벨을 사이에 두고서 모습을 살피고 있었다.

"이 녀석들…… 빈틈이 안 보여……."

"아벨 군!"

"어? ……마코토 씨?! 게다가 카즈미 씨도……. 위험하니까 지금 당장 돌아가세요!"

"그건 알고 있어. 하지만 지금만큼은 허락해 줘."

"네?"

빈틈을 보이지 않도록 주의하며 아벨이 마코토와 대화하고 있으니, 아벨과 대치 중이던 마물에게 카즈미가 말을 걸었다.

"너희— 사리아 양의 부모지?"

"엥?!"

"무, 무슨?"

카즈미의 말에 아벨과 보물상자는 깜짝 놀랐다.

"사리아 양이라면…… 세이이치 옆에 있던 여자아이죠? 설마 그럴 리가—"

"……딸을…… 아는가……?!"

"진짜냐?! 그보다도 말할 수 있는 거야?!"

아벨과 대치 중이던 마물—【카이저콩】 중 하나가 놀란 표정으로 카즈미를 보았다.

"그래, 우리 아들과 함께 있어."

"……거짓말은…… 안 하는 것 같다……."

"어머? 거짓말인지 아닌지 아는 거야? 편리하네~."

편리함을 따질 문제는 아니지만, 카즈미가 생각하기에 그런 것은 하나의 특징일 뿐이었다.

"아니, 아니, 아니! 그렇게 자연스럽게 이야기가 진행돼도 곤란한데요?! 어, 그럼 사리아 양은 마물이었다는 거야?!"

"맞아. 봐, 그녀와 사리아 양의 눈가가 똑 닮았잖아!"

"눈가?! 그보다 이 녀석 암컷이야?!"

"그렇다만?"

무슨 당연한 소리를 하냐는 듯 눈앞의 카이저콩이 어이없어했다.

그리고 다른 카이저콩도 입을 열었다.

"음, 그리고 나는 수컷이다."

"응, 알고 있어. 그쪽이 사리아 양의 부친이지?"

"차이를 모르겠어! 카즈미 씨는 어떻게 구별하는 거야?!"

"감이려나?"

"세이이치네 가족 이상해!"

자포자기 기미로 외치는 아벨을 무시하고 마코토는 냉정하게 말했다.

"아무튼 저들이 사리아 양의 부모라는 걸 알아차리고 말리러 온 거야."

"아, 그런 거라면…… 마물을 구별할 수 있을 줄은 생각도 못 했지만…… 뭐, 좋아요. 그래서? 어쩔래? 계속 싸울 건가?"

마음을 다잡고 진지한 표정으로 묻는 아벨에게 두 카이저콩도 진지하게 대답했다.

"아니, 그만두지. 딸의 지인을, 다치게 할 수는 없으니까. 그리고, 우리는 세뇌당해 있었다. 그러다 【사리아】 이름 듣고 깨어났다."

"세뇌라고? 그게 무슨—."

"크오오오오오오!"

말을 끝내기도 전에 다른 마물 무리가 아벨 쪽으로 밀어닥쳤다.

"칫! 이래서야 느긋하게 얘기도 못 하겠어……. 마코토 씨! 볼일 끝나셨으면 마리가 있는 곳으로 돌아가 주세요! 이제 이쪽…… 두 사람? 두 마리? 아아, 진짜! 아무튼 이 녀석들과는 안 싸울 거니까요!"

"그러네. 방해하면 미안하니 우리는 돌아갈까."

"그래요. ……아, 맞다! 아벨 씨, 나중에 드래곤 고기를 가져와 주면 안 될까? 먹어 보고 싶어~."

"무진장 여유롭네요?! 아, 알겠어요! 어떻게든 할게요!"

"고마워! 그럼 돌아가요."

"……힘내."

보물상자가 마지막으로 작게 격려하고서 마코토와 카즈미를 데리고 돌아갔다.

그것을 확인한 아벨은 덤벼드는 마물을 상대하며 다시 두 카이저콩에게 말했다.

"너희, 세뇌가 풀렸다면 우리 편에서 싸워 주는 건가?"

"맡겨 둬라. 그리고, 내게는 【써니】라는 이름 있다."

"나는 【아드라멜렉】. 그렇게 불러라."

"왜 그렇게 이름이 멋있는 거야?!"

"……? 마물은 대체로, 이런 느낌의 이름이다만?"

"설마 알게 될 줄은 몰랐던 새로운 사실이야!"

아벨은 전력으로 태클을 걸면서도 사리아의 부모인 【카이저콩】과 협력하여 마물을 쓰러뜨려 나갔다.

그 결과, 아벨 일행과 【카이저콩】의 협력이 결정타가 되어 무사히 마물을 섬멸할 수 있었다.

구세주 보물상자

무사히 마물 섬멸이 종료되자 윔블그 왕국 제일의 마법사 플로리오가 아벨 곁으로 다가왔다.

"도와주셔서 감사합니다. ……다만 저희는 여러분이 누구인지 모릅니다. 모험가분들입니까? 그리고 그 마물은……."

당연하다고도 할 수 있는 질문에 아벨은 쓴웃음을 지었다.

"아…… 모험가는 아니지만…… 곰곰이 생각해 보니 이걸 어떻게 설명해야 하지?!"

까마득한 옛날에 활동했던 용사이며 심지어 죽었다가 살아 돌아왔다고는 도저히 말할 수 없었다.

어쩌면 좋을지 고민하는 아벨 곁으로 동료 전사 갈루스와 보물상자 일행이 다가왔다.

"무슨 일이야?"

머리를 싸매는 아벨에게 카즈미가 말을 걸었다.

"그게…… 이쪽 분들에게 어떻게 설명해야 하나 싶어서……."

"으음…… 보아하니 이 나라의 병사들 같은데……."

플로리오와 병사들의 복장을 보고 그렇게 판단한 마코토가 플로리오에게 말했다.

"실례합니다. 히이라기 마코토라고 합니다. 갑작스럽지만 세이이치라는 이름을 아십니까?"

"예? 세이이치 군 말입니까?"

마코토의 말에 플로리오가 눈을 크게 떴다.

"네. 저희는 세이이치의 지인입니다. 뭐, 저랑 카즈미는 세이이치의 부모지만…… 그리고 이쪽 마물은 사리아 양의 부모입니다."

"네에에에?! 세, 세이이치의 부모님이셨습니까! ……잠깐, 사리아 양의 부모님까지?! 아니아니, 어떻게 봐도 마물인데……."

"응? 모르셨습니까? 사리아 양은 여기 있는 마물과 같은 종류의 마물이라고 하던데요……."

"음, 사리아는, 우리와 똑같은 【카이저콩】이다."

"충격적인 사실이네요! 게다가 말할 수 있는 겁니까?!"

깜짝 놀라는 플로리오의 반응을 보고 아벨은 「아아, 나만 놀란 게 아니구나」 하고 안심했다.

"사리아 양의 부모님과는 여기서 처음 만난 거지만, 저희는 얼마 전에 세이이치와 만났거든요. 살 곳을 찾는 중에 이 나라가 아주 좋다고 해서 여기 있는 아벨 군 일행의 보호를 받으며 이곳까지 온 겁니다. 하지만 도착하자마자 뭔가 큰일이 벌어진 것 같길래 아벨 군 일행이 돕기로 한 거죠."

"네. 마코토 씨가 말씀하신 대로 저희는 호위로 따라왔고, 그게 끝나면 이 나라에서 모험가로 활동할 생각이었습니다. 도착했더니 마물 대군이 몰려들고 있어서 놀랐지만 요……. 아니, 가장 놀란 건 사리아 양의 부모님이지만……."

아벨과 마코토의 설명을 듣고 플로리오는 깜짝 놀랐다.

"하아…… 역시 세이이치 군의 부모님과 지인이라고 해야 할까요……. 아무튼 덕분에 살았습니다. 감사합니다."

"천만에요, 늦지 않아서 다행이에요."

머리를 숙인 플로리오는 곧 고개를 들었지만 그 표정은 좋지 않았다.

"……아뇨, 아직 끝이 아닙니다. 이곳 반대편에도 마물이 밀려들고 있어서……."

"아아, 그쪽은 괜찮을 거예요."

"예?"

쓴웃음이 섞인 아벨의 말에 플로리오는 무심코 그렇게 반문했다.

"저쪽에도 세이이치의 지인이 갔는데……."

"과잉 전력이겠지……."

"응. 애초에 그 두 사람을 어떻게 할 수 있는 존재가 있을까……? 아, 세이이치는 별개로."

"그러네요……. 세이이치 씨라면 몰라도, 그분들을 상대할 수 있는 사람은 솔직히 떠오르지 않아요……."

"어어…… 그게 무슨―."

아벨뿐만 아니라 그 동료들도 쓰게 웃으며 각각 말했다.

왜 그런 반응을 보이는지 플로리오가 물어보려고 했을 때, 병사 한 명이 빠른 걸음으로 다가왔다.

"플로리오 님! 보고드립니다! 돌연 나타난 두 조력자 덕분에 반대편도 전투가 종결되었습니다!"

"뭐?!"

"역시나……."

병사의 보고에 플로리오는 놀라서 눈이 휘둥그레졌다.

그런 반응을 보면서도 병사는 직무를 다하기 위해 보고를 계속했다.

"정찰반의 보고에 의하면 주변 마물은 완전히 토벌이 완료되었으므로, 플로리오 님과 S급 모험가분들은 시급히 폐하 곁으로 귀환하라고 하셨습니다."

"알겠습니다. 그럼 그걸 S급 모험가분들에게도 전해 주십시오. 그리고 마법사단 몇 명은 주위를 경계하라고 하고, 나머지 병사에게는 드롭아이템을 회수하라고 전하세요."

"예!"

명령을 받은 병사는 신속히 그 자리에서 이동했다.

그 모습을 확인한 플로리오는 다시 아벨 일행에게 고개를 돌리고서 미안해하며 말했다.

"죄송합니다만…… 여러분에게도 동행을 부탁드릴 수 있을까요? 물론 거기 있는 사리아 양의 부모님도."

"예? 저희는 상관없지만…… 그래도 될까요?"

"그렇다. 우리는 마물이다."

"네, 괜찮습니다. 사리아 양의 부모님도 토벌에 협력해 주신 모양이고, 가능하다면 폐하께도 자세한 이야기를 들려주셨으면 해서요. ……그리고 세이이치 군의 지인이니까요. 함부로 대할 수는 없습니다."

동행을 승낙한 아벨 일행은 플로리오를 따라 성으로 향했다.

◆ ◇ ◆

"음? 왔나."

"어~이, 여기야, 여기~."

플로리오를 따라 성에 온 아벨 일행이 방에 들어가자 그곳에 이미 제아노스와 루시우스가 있었다.

하는 말만 보면 대단히 온화하게 들리지만 방 안은 처참했다.

"으…… 으……."

"……아…… 아……."

"……헉…… 헉……."

루시우스는 웃는 얼굴로 어떤 세 사람을 칠흑색 창에 매달아 놓고 있었다.

그 세 사람은 【마신교단】의 사도였고 원래는 강대한 힘을 가진 자들이었다. 하지만 루시우스 앞에서는 아무런 의미도 없었다.

　방에 들어가자마자 피투성이가 된 세 사람을 본 플로리오와 S급 모험가들은 깜짝 놀랐다.

　그런 폭력적인 광경에 아벨은 어색하게 얼굴을 굳히며 물었다.

　"어, 음…… 뭐 하시는 건가요……?"

　"응~? 이 세 사람이 내 역린을 살짝 건드려서 말이지~ 벌을 주고 있었어. 하하하하하."

　"그, 그렇습니까…… 하, 하하하하……."

　웃을 수 없는 일이야.

　아벨은 솔직히 그렇게 생각했다.

　바로 화제를 돌리기 위해 실내를 둘러봤지만 다들 어두운 표정을 짓고 있었다.

　플로리오도 그 모습을 알아차리고, 복잡한 표정으로 선 국왕 란제에게 말했다.

　"폐하, 지금 돌아왔습니다."

　"응? 오오, 플로리오인가. 고생했다."

　"감사합니다. 그런데…… 저들은 대체……?"

　플로리오의 시선 끝에는 제아노스와 루시우스가 있었다. 란제는 한숨을 쉬며 대답했다.

　"나도 자세히는 모르지만 세이이치의 지인인 것 같아. 루이에스를 궁지에서 구해 준 것 같고, 나쁜 녀석들은 아니겠지.

그보다 네가 데려온 녀석들은 누구야? 마물도 있는데……."

"아아…… 이들도 세이이치 군의 지인인 것 같습니다. 저쪽에 있는 두 사람은 세이이치 군의 부모님이고 이쪽 마물은 사리아 양의 부모님이라고 합니다……."

"그게 정말이야?! 대체 뭐가 어떻게 돌아가는 거야?! 아무튼, 자세한 건 모르겠지만 세이이치의 지인이 여기 있어준 덕분에 이번에는 살았어. 허 참, 그 녀석뿐만 아니라 지인도 너무 터무니없잖아……."

어이없어하는 란제에게 플로리오는 왜 이렇게 분위기가 어두운지 이유를 물었다.

"그래서 폐하. 왜 이런 분위기인 겁니까? 그러고 보니 마족분들의 모습이 안 보이는데……."

"아아…… 마왕의 딸이…… 루티아가 당했어."

"뭐라고요?!"

란제의 말에 플로리오는 입을 쩍 벌렸다.

하지만 이내 제정신으로 돌아와 더 자세한 상황을 물었다.

"그럼 마족군은……."

"별실에서 딱 붙어 간병 중이야."

"회복 마법은……."

"전부 시도했어. 하지만 저기 창에 매달려 있는 녀석이 쓴 도구가 좋지 않았어."

"예?"

"─『주구』야."

"아……."

란제의 그 한마디에 플로리오는 모든 것을 알아차렸다.

"『주구』에 걸린 저주가 예전에 내가 받았던 저주와 똑같은 타입이라서…… 회복 마법도 회복약도 전부 효과가 없어. 심지어 질 나쁘게도 사흘 내에 저주를 풀지 않으면 죽는 모양이야."

"그럴 수가……."

"마족군은 지금 당장에라도 저기 매달린 녀석들을 죽이고 싶어 했지만 참으라고 했어. 죽여 버리면 정말로 대처할 수 없게 돼. 지금은 구하기 위한 정보가 하나라도 있어야 해."

"그건……."

플로리오는 말을 잇지 못했다.

어두운 표정을 짓는 모두를 보고서, 창에 매달린 세 사람 중 한 명인 에드먼드가 일그러진 웃음을 지었다.

"큭…… 크크크…… 꼴……좋다……. 그 아가씨는…… 이제 죽은 목숨이야……."

"아직도 말할 기운이 있나 봐? 어쩔까? 그 입을 찢어 버릴까?"

"루시우스 공, 그만둬. 상대가 원하는 대로 되는 거야."

압도적인 위압감을 내뿜는 루시우스를 제아노스가 냉정하게 달랬다.

그 모습을 보던 플로리오는 문득 무언가를 떠올린 모습으로 란제에게 말했다.

"맞아! 세이이치 군을 부르죠! 폐하 때처럼 세이이치 군이라면 어떻게든 할 수 있을 겁니다!"

플로리오의 말에 란제는 고개를 가로저었다.

"무리야. 여기서 바바드르 마법 학원까지 아무리 빨리 이동해도 일주일은 걸려. 전이 마법을 쓸 줄 아는 녀석도 있지만 바바드르 마법 학원에 한 번도 가 본 적이 없으니까 역시 쓸 수 없어."

"그럴 수가……."

모두가 절망하는 가운데, 돌연 이 자리에 어울리지 않는 나긋한 목소리가 울렸다.

"잠깐 괜찮을까?"

"응? 당신은……."

목소리의 주인인 카즈미가 란제 곁으로 이동했다.

"미안해, 엿들을 생각은 없었는데, 세이이치가 필요한 거지?"

"그래, 맞아."

"자세한 사정은 아무것도 모르지만, 보물상자 씨라면 어떻게든 할 수 있지 않을까?"

"엥?"

갑작스러운 제안에 란제뿐만 아니라 그 자리에 있는 대부분이 얼떨떨한 표정을 지었다.

하지만 바로 제정신을 차린 란제가 물었다.

"보, 보물상자 씨라는 건 대체……."

"……응, 날 말한다."

"정말로 보물상자?! 아니, 애초에 왜 손발이 달려 있는 거야?!"

"사소한 문제. 신경 쓰지 마라."

"역시 그 녀석의 동료 이상해!"

란제는 무심코 보물상자의 생김새에 태클을 걸었지만 현재 상황을 떠올리고 진지하게 물었다.

"여기 있는 부인이 말하길 너라면 세이이치를 데려올 수 있다고 하는데……."

"……나, 할 수 있다. 학원에 간 적 있고, 전이 마법, 쓸 수 있다."

"무진장 우수하네?!"

깜짝 놀라는 란제에게 보물상자는 엄지를 척 치켜들고서 단언했다.

"……뒷일은 내게 맡겨라."

그 모습은 보물상자라고는 생각할 수 없을 만큼 믿음직스러웠다.

강제 연행으로 테르베르에

"─던전 출현……이요?"

"그렇다네."

나, 히이라기 세이이치는 바나 씨의 부름을 받고 학원장실에 와 있었다.

그리고 지금, 던전이 출현했다는 이야기를 들은 참이었다.

……으음~ 내가 아는 던전이라고는 【끝없는 비애의 숲】과 흑룡신이 있던 곳뿐인데…….

"던전은 원래 이렇게 갑자기 출현하나요?"

"아니, 이런 일은 흔치 않네. 하지만 요전번에 붙잡은 【마신교단】의 사도라는 녀석들이 묘한 힘을 써서 학원 근처 숲을 휩쓸고 다닌 탓에 출현한 모양이야."

그러고 보니 알이 바나 씨의 지시로 그 숲을 탐색 중이라고 했었지. 그곳에 【마신교단】의 사도란 녀석들이 있었던 건가.

"그럼 새로운 던전이 출현한 거죠?"

"아니, 그렇게 잘라 말할 수도 없네……."

"예?"

나는 바나 씨의 말에 고개를 갸우뚱했다.

던전이 출현했다면 새로운 던전인 것 아닌가?

그런 생각을 하고 있으니 바나 씨가 정중하게 가르쳐 줬다.

"그 모습을 보면 모르는 모양이군. 던전의 입구는 새로 출현하는 경우도 있지만 원래 존재하는 던전의 새로운 입구로서 나타나는 경우도 있다네. 새로운 던전이라면 평범하게 공략하면 되지만 이미 존재하는 던전과 연결된 다른 입구라면 얘기가 조금 달라지지. 때에 따라서는 같은 던전의 입구가 다른 나라에 각각 존재하기도 해. 그럴 경우, 전쟁 등에 이용될 우려가 있기에 조기 발견과 정보 수집이 필요하다네."

"그렇군요……."

입구가 다른 나라에 생기다니, 그런 일도 일어나는구나.

"그런 이유도 있어서 던전의 출현은 그냥 넘어갈 수 없는 문제라네."

"그럼 이번에 저를 부르신 건……."

내가 그렇게 말하자 바나 씨는 진지한 표정으로 나를 보았다.

"음. 세이이치 군에게 그 던전의 공략을 부탁하고 싶네."

"제게요? 확실히 모험가이긴 하지만 던전 탐색 경험 같은 건 거의 없는데요……."

"나는 세이이치 군의 실력을 알고 있네. 자네는 숨기고 싶을지도 모르지만, 적어도 테르베르를 덮쳤던 마물 군세를 처치한 시점에 편린은 보인 것이지. 확신으로 바뀐 것은 【마신교단】이 쳐들어왔을 때라네. 그때 자네가 없었다면 어떻게 됐을지…….”

아…… 최근에는 실력을 숨긴다는 생각을 안 했으니 말이지. 아니, 애초에 숨길 마음이 있었나?

과거의 자신을 되돌아보았다. ……별로 실력을 숨기려고 하지 않았구나. 바보네요, 압니다.

뭐, 지금은 그다지 숨길 필요도 없지만.

“아무튼 그런 실력자인 세이이치 군에게 부탁해서 빠르게 정보를 수집하고 싶은 것이라네. 나는 요전번 사건 때문에 학원을 떠날 수 없으니 말이지…….”

“그렇군요……. 이유는 알겠어요. 저 같은 녀석이라도 괜찮다면 다녀오겠습니다.”

“오오! 그렇게 말해 줘서 고맙네. 아, 던전 경험이 별로 없다면 알트리아 양도 데려가게. 그 외에 누굴 데려갈지도 자네에게 맡기겠네.”

“알겠습니다. 준비가 되는 대로 출발할게요.”

“미안하지만 부탁하네.”

……던전이라니 정말 오랜만이다.

아, 【명계】도 일종의 던전이 되는 걸까?

아무튼 오랜만에 모험가 활동이다. 던전에 갈 거라면 기합을 넣어야겠지.

흑룡신이 있던 곳에서는 알을 놓치는 사태도 발생했었고, 당연히 방심은 금물이다.

같이 갈 멤버는…… 응. 알은 물론이고 사리아와 루루네, 오리가도 데려가자. F반 학생들은 베아트리스 씨에게 맡겨 두면 괜찮겠지.

그런 생각을 하며 복도를 걷고 있는데 돌연 눈앞이 빛났다.

"엥?"

너무 갑작스러워서 얼빠진 표정을 짓고 있자 이윽고 빛이 사그라들더니 부모님과 함께 여행을 떠났을 터인 보물상자가 모습을 드러냈다.

"응? 허? 어, 어째서 보물상자가……?"

"……찾았다. 나, 너, 데려간다."

"네?"

영문을 몰라 멍하니 쳐다보는 나를 무시하고 보물상자는 내 팔을 잡았다.

"그럼, 간다."

"어? 가, 간다니 어디로—."

"수납."

"뭐야, 뭐야, 뭐야?! 잠깐…… 으에에에에에에에엑?!"

상자가 벌컥 열리더니 보물상자는 나를 안에 수납해 버렸다.

나는 상황을 전혀 이해하지 못한 채 칠흑색 공간에 방치되었다.

◆ ◇ ◆

"데려왔다."

"그러니까 무슨 상황인데?! 설명 좀!"

얼마나 시간이 지났는지는 모르겠지만 또 갑자기 칠흑색 공간에 빛이 비쳐 들더니 보물상자에게 팔을 잡혀 안에서 꺼내졌다. ……보물상자 안에는 그런 공간이 있었구나.

현실 도피 기미로 그런 생각을 하고 있자 갑자기 누가 나를 불렀다.

"건강해 보여서 다행이야, 세이이치."

"엥? 아, 란제 씨?! 그, 그럼 이곳은……."

"그래, 윔블그 왕국의 왕도 테르베르야."

아무 설명도 듣지 못한 채 나는 테르베르에 강제로 연행된 모양이었다.

다시금 주위를 둘러보니 제아노스와 루시우스 씨뿐만 아니라 플로리오 씨와 루이에스의 모습도 보였다.

응? 어라? 뭔가 낯익은 고릴라도 보이는데…… 기분 탓인가?

"어어…… 상황이 이해가 안 가서 그런데 설명해 주실 수 있을까요?"

나, 뭔가 나쁜 짓 했나?

왠지 분위기가 무거워서 그런 생각을 하고 말았다.

그러자 란제 씨가 엄격한 표정으로 입을 열었다.

"세이이치. 네게 부탁이 있어."

"저, 저한테요?"

"그래."

뭔가 오늘 유독 부탁을 많이 받는 것 같은데…….

뭐, 바나 씨도 란제 씨도 고마운 사람들이고, 할 수 있다면 돕고 싶다.

그렇게 생각하고 있는데 란제 씨의 부탁은 예상보다 더 책임이 중대한 내용이었다.

"―마왕의 딸이 『주구』에 의한 저주를 받았어. 그걸 어떻게든 해 줬으면 해."

"마왕의 딸?! 게다가 저주라니……."

예상치 못한 말에 눈을 크게 뜨자 루시우스 씨가 생글생글 웃으면서도 살기를 흩뿌리며 내게 설명했다.

"저기 굴러다니는 쓰레기들이 내 소중한 동료에게 손을 댔어. 그것도 『주구』라는 물건을 써서 말이야."

"쓰레기?"

루시우스 씨의 시선을 쫓아 눈을 돌리니 피투성이 남자 세 명이 굴러다니고 있었다. 어어…… 살인 현장 같은 이 광경은 뭐지. 사, 살아 있는 거죠?

"거기 굴러다니고 있는 건 【마신교단】의 사도야."

"네?!"

최근 신변에 있었던 사건의 주범과 똑같은 조직 이름이라서 놀랐다.

"그 녀석들이 『주구』를 써서 마왕의 딸을 덮쳤어. 심지어 그 저주가 예전에 내가 받았던 저주와 똑같은 타입이라 저주를 풀 수 있는 녀석이 이 세상에 존재하지 않아. 하지만 너는 내 저주를 풀었었지. 그 힘을 써서 마왕의 딸을 살려 줬으면 해."

솔직히 이야기 전개가 너무 급작스러워서 따라갈 수 없었다.

왜 이런 상황이 됐는지, 【마신교단】은 왜 쳐들어왔는지……
알 수 없는 것은 많지만, 그보다도 마왕의 딸이란 녀석을 살리는 게 먼저겠지.

"아, 알겠어요. 어떻게 될지는 모르겠지만 해 보겠습니다."

설마 반전 마법 『좋아져라』를 다시 쓰게 될 줄이야……!

아니, 이번에는 마법명을 소리 내어 말하지 않아도 돼. 앗싸!

내가 그렇게 말하자 란제 씨는 조금 안심한 표정을 짓고서 나를 어떤 방으로 데려갔다.

"여기서 자고 있어. 주위에 있는 사람들은 마왕의 딸을 모시는 가신들이니까 신경 쓰지 마."

"네."

방 안에 들어가자 란제 씨의 말대로 마족으로 보이는 사람들이 불안한 표정을 짓고 있거나 루시우스 씨처럼 살기를 흩뿌리며 서 있어서 아까 있던 곳보다도 무거운 분위기가 방 전체를 지배하고 있었다.

그런 분위기에도 아랑곳없이 란제 씨는 그 자리에 있는 전원에게 들리도록 말했다.

"어이. 『저주』를 풀 수 있는 인물을 데려왔어."

『······!!』

"우왓?!"

일제히 시선이 이쪽을 향해서 나도 모르게 소리를 내고 말았다. 그, 그렇게 쳐다보지 않아도 되잖아요······.

그러자 노출이 심한 대단한 미인이 란제 씨에게 물었다.

"······그 남자가? 농담이지?"

"농담이라고 여기는 마음도 이해가 가지만 정말이야."

"······인정하기 싫지만 『저주』야. 『저주』가 풀렸다는 얘기는 지금껏 못 들었어."

미인이 그렇게 말하자 살기를 흩뿌리며 서 있는 백발의 엄청난 미남이 내게 날카로운 시선을 보냈다.

"지금 우리 앞에서 농담을 하다니······ 어지간히 죽고 싶은가 봐?"

예전에 란제 씨를 살렸을 때도 그랬지만, 『저주』라는 것은 이 세상에서 정말 어떻게도 할 수 없는 거구나.

뭐, 어쨌든 간에······.

"저는 이 나라의 임금님인 란제 씨의 친구입니다. 느닷없이 믿으라고는 하지 않겠지만 조금은 신용해 주실 수 없을까요?"

"너라면 할 수 있겠냐? 그딴 후드로 얼굴을 가린 수상쩍기 그지없는 놈을 어떻게 믿어?"

옳으신 말씀입니다!

후드 쓰고 있다는 걸 깜빡했던 나는 곧장 후드를 벗었다.

그러자 마족들이 눈을 크게 떴다. 그렇게 놀랄 만한 생김새인가?

"이러면 될까요?"

"어? 아…… 그, 그래…… 아니, 얼굴을 보이라고 하긴 했지만……."

그 반응은 뭐죠?!

하지만 자신이 섬기는 주인에게 수상쩍은 녀석이 다가오길 원치 않는 마음은 이해가 가고…… 그냥 무시하고 마법 쓰면 안 되나?

사고 회로가 조금 난폭해지고 있는데 뒤에서 루시우스 씨가 왔다.

"그라면 걱정 안 해도 돼. 내가 보증해."

그런가! 루시우스 씨는 초대 마왕이니까 마족들도 말을 들어 줄지도!

"예?! 아, 그게…… 줄곧 신경 쓰였는데…… 누구십니까?"

"어이쿠~ 자기소개를 잊었네~."

"그럼 안 되지!"

자기소개 안 했으면 나랑 똑같이 수상쩍은 놈이야!

"이야~ 미안, 미안. 나는 루시우스 알사레. 마족의 나라를 건국한…… 이른바 초대 마왕이야."

『네에에에에에에에에에에에?!』

경악하는 목소리가 온 방에 울려 퍼졌다. 그야 그렇겠지. 나도 깜짝 놀랐었어.

"그때 했던 말은 잘못 들은 게 아니었나……."

"하, 하지만…… 초대 마왕이라고 해도……."

그러나 마족들 역시 난데없이 초대 마왕이라고 해도 곤란할 것이다.

실제로 다들 어떻게 반응하면 좋을지 모르는 느낌이었다.

"음…… 여기서 문답하는 시간이 아까운데…… 그래!"

잠시 고민하는 모습을 보인 루시우스 씨는 돌연 무슨 생각을 떠올렸는지 입을 열었다.

"내가 안 왔으면 너희들 꽤 위험했잖아? 즉, 나는 이른바 생명의 은인이고, 그런 내가 믿어도 된다고 하는 사람이니까. ……믿을 거지?"

루시우스 씨, 그건 너무 난폭한 주장이에요!

결과적으로 루시우스 씨가 내뿜는 희미한 위압감에 마족들은 고개를 끄덕일 수밖에 없었다.

어떤 의미에서 마왕……이라고 할까, 악마 같은 소행을 벌인 뒤에 루시우스 씨는 멋지게 웃으며 내게 말했다.

"자, 마음껏 저질러!"

"……네."

나도 고개를 끄덕였다.

수수께끼의 침입자

루시우스 씨 덕분에 겨우 마왕의 딸에게 마법을 쓸 수 있게 된 나는 즉각 그녀를 향해 손바닥을 들고서 반전 마법 『좋아져라』를 발동했다.

그러자 손바닥에서 빛이 나와 마왕의 딸에게 흡수되었다.

『무슨?!』

그것을 본 마족들이 눈을 크게 뜨며 놀란 후 갑자기 백발 미남이 내 멱살을 잡았다.

"어이, 너! 대체 무슨 마법을 쓴 거야?!"

"예? 마, 말해야만 하나요?!"

"당연하지! 무영창도 놀랍지만, 정체 모를 마법을 루티아 님께 쓰다니…… 얼른 말해!"

백발 미남뿐만 아니라 다른 마족들도 무시무시한 살기를 내뿜었다.

어어…… 이거, 정말로 말해야 하는 거야?!

말하지 않아도 죽을 것 같지만 말하면 더더욱 죽을 것 같은데요?!

어떻게든 넘어가려고 했으나 좋은 생각이 떠오르지 않았

고 마족들의 위압감이 대단해서 나는 마침내 자백하고 말았다…….

"……입니다."

"엉? 안 들려!"

"……『좋아져라』……입니다……."

"……뭐? 지금…… 뭐라고 했어……?"

아아, 진짜! 이제 나도 모르겠다!

"그러니까! 반전 마법 『좋아져라』라고요!"

"지금 나랑 장난치자는 거냐, 이 자시이이이익!"

거봐, 화났잖아! 내가 뭐랬어! 그래서 말하기 싫었던 거야!

대체 누가 마법 이름을 이따위로 지었어!

—내가 지었지, 멍청한 놈!

"우리를 바보 취급하는 것도 작작 해! 어린애들 주술 같은 그딴 마법으로—"

"……응 ……응? 여기……는……?"

"깨어났잖아아아아아아아아아아?!"

잠들어 있던 마왕의 딸이 눈을 뜨고 작게 목소리를 낸 순간, 백발 미남은 나를 내팽개치고서 그녀 곁으로 달려갔다.

그에 맞춰 다른 마족들도 달려갔다.

"루티아 님! 괜찮으십니까?! 어디 불편하신 곳은?!"

"……괜찮아. 그런데…… 대체 무슨 일이……."

깨어난 마왕의 딸은 무사한 것 같았지만 상황 파악이 안 되는지 조금 놀란 모습이었다.

그러자 묘한 관록을 풍기는 마족 남성이 마왕의 딸에게 일의 경위를 전했다.

"······루티아 님. 루티아 님은 적의 비열한 수법에 당해【주구】에 의한 저주를 받고 지금까지 죽음에 이르는 잠에 빠져 계셨습니다."

"저주?!"

"네. 하지만 저기 있는 남자 덕분에 저주가 풀렸습니다. 스킬을 써서 확인했으니 틀림없습니다. 다만······."

"······다만? 뭔가 있어?"

말을 우물거리는 남성 마족을 보고 마왕의 딸이 고개를 갸웃했다.

아무래도 스킬을 써서 확인한 사람은 이 남성 마족뿐인지, 남성 마족의 모습을 본 다른 마족들은 마왕의 딸에게 무슨 일이 생겼다고 여기고서 재차 내게 살기를 보냈다. 좀 봐주세요.

"······어떻게 말씀드리면 좋을지 모르겠지만,『저주』대신【영원한 건강】이라는 생소한 『축복』이 새로 추가되었습니다······."

『뭐?』

마족들은 전원 얼빠진 표정을 지었다.

아, 마왕의 딸이 걸렸던 저주도 란제 씨처럼 『축복』이 된 건가. 어떤 『저주』였는지는 모르겠지만 결과가 좋으면 그만이지. 아무튼 수명이 10년 늘어나는 데다가 평생 병치레 걱정 없고 잘 다치지도 않게 되니까.

마왕의 딸과 다른 마족들도 『축복』의 효과를 확인하고서 그 내용에 다시 놀랐다.

"……이, 이 웃기는 효과는 뭐야……."

모두의 마음을 대변하듯 매우 예쁜 여성 마족이 그렇게 중얼거렸다.

그러자 돌아가는 상황을 지켜보던 루시우스 씨가 내 어깨에 명랑하게 손을 얹었다.

"이야~ 변함없이 터무니없어! 『저주』라는 건 풀 수 없는 게 상식인데, 저주를 풀었을 뿐만 아니라 유익한 『축복』으로 바꿔 버리다니!"

"……? 당신은?"

루시우스 씨의 존재를 눈치챈 마왕의 딸이 의아하게 여기며 물었다.

"나 말이야? 나는 루시우스 알사레. 피는 섞이지 않았지만, 초대 마왕……이라고 하면 알려나?"

"뭐?!"

마왕의 딸이 눈을 화등잔만 하게 떴다.

"그, 그 이름은 확실히 건국자인 초대 마왕님과 똑같지만…… 정말로?"

"응응, 못 믿는 것도 무리는 아니지. 네 저주를 푼 세이이치 군 덕분에 명계에서 돌아왔지!"

『명계에서 돌아왔어?!』

그 파워 워드에 전원이 깜짝 놀랐다. 어쩔 수 없지. 나도 그쪽 입장이었다면 똑같이 반응했을 거야. 원인은 나지만 말이죠……!

여기서 처음으로 마왕의 딸이 내게 시선을 보냈다.

"……당신이 나를 살려 준 사람?"

"어? 아, 네. 그렇게…… 되려나요?"

그리 대답하자 마왕의 딸은 침대에서 내려와 내게 다가왔다.

"저, 저기."

"……."

그리고 어째선지 마왕의 딸은 내 얼굴을 빤히 바라보았다. 뭐야, 이거. 새로운 괴롭힘 수법? 굉장히 부끄럽고 불편한 기분이 드는데요?

한동안 쳐다본 마왕의 딸은 내게서 몸을 물렸다.

"……엄청난 힘을 느꼈어. 당신, 정말로 인간?"

"인간입니다."

자신 없지만…….

"……아무튼 날 살려 줘서 고마워. 만약 모두의 말이 사실이라면 나는 살아나지 못했을 거야. 도움을 받았으니 은혜를 갚을게. 뭔가 원하는 것 있어?"

저번에 란제 씨를 살렸을 때도 그랬지만 나라를 짊어진

사람은 일 하나하나에 우리보다 더한 책임과 굴레가 있을 것이다.

하지만 답례를 바라고 도운 게 아니라서 갑자기 물어봐도 아무것도 떠오르지 않는데……

"으음…… 답례는 필요 없─."

"설마 루티아 님의 답례를 안 받겠다고 하지는 않겠지?"

뭐죠? 이 백발 미남. 무진장 무서운데요.

본격적으로 아무것도 떠오르지 않아서 나는 솔직히 말하기로 했다.

"죄송합니다……. 갑자기 물어봐도 생각나지 않으니 나중에 정해졌을 때 말씀드려도 될까요?"

"……그건…… 응, 어쩔 수 없지. 하지만 반드시 답례할 거니까 제대로 생각해 줘."

"알겠습니다."

특별히 갖고 싶은 건 없지만 생각해야겠지.

이런저런 일이 있었으나 무사히 마왕의 딸을 살린다는 미션을 완수한 나는 란제 씨에게도 보고했다.

"란제 씨, 어떻게든 살릴 수 있었어요."

"오오, 정말인가! 역시 너는 이상해. 고맙다."

"고맙다고 하는 방식이 이상하지 않아요?!"

그런 대화를 나눈 후, 나는 루시우스 씨에 의해 곤죽이 된 【마신교단】의 세 사람을 보았다.

"그래서…… 저들은 어떻게 하실 거죠?"

"아아…… 물론 이대로 구속해서 로나에게 심문을 맡길 생각이지만……."

아…… 그러고 보니 루이에스의 부하 중 한 명인 로나 씨는 심문을 할 줄 알았던가.

문득 그런 생각을 떠올렸을 때였다.

"곤란하군요."

『……!』

별안간…… 정말로 아무런 전조도 없이, 다 죽어 가는 세 사람을 감싸는 형태로 엷게 웃는 꺼림칙한 남자가 나타났다.

알 수 없는 침입자의 출현에 마족들과 모험가로 보이는 주변 사람들이 일제히 무기를 들었다.

"네놈…… 누구냐!"

관록이 있는 마족 남성이 그렇게 말했지만 수수께끼의 침입자는 그 질문에 답하지 않았다.

"붙잡히면 곤란하단 말이죠. 버리기는 아쉬운 유능한 장기말이니까요."

"질문에 대답해!"

그러자 이번에는 백발 미남이 칠흑색 어둠 같은 것으로 창 형태를 만들어 침입자에게 날렸다.

하지만 침입자가 손가락을 튕기자 그 어둠은 순식간에 사라졌다.

"아니?!"

"그렇게 안달하지 않아도 다시 만날 겁니다. 이번에는 이만 물러나죠."

침입자가 재차 손가락을 튕기자 침입자와 【마신교단】의 세 사람이 순식간에 사라졌다.

……저 녀석은 뭐지? 세 사람을 데려간 걸 보면 【마신교단】의 동료겠지만…….

그보다 왜 내 몸은 아무 반응도 안 한 걸까.

순식간에 사라졌으니 스킬이나 마법을 썼을 거라고 생각했지만…… 진화가 발동하지 않은 것을 보면 둘 다 아니었다. 정말로 특수한 힘이었으리라.

침입자에 관해 생각하고 있을 때 란제 씨가 재빨리 병사들에게 지시를 날렸다.

"성내와 거리를 샅샅이 찾아라! 그리고 문지기에게도 연락해!"

"예!"

그 후 한동안 경계 태세가 이어졌으나 결국 침입자와 【마신교단】의 세 사람은 찾을 수 없었다.

사리아의 부모님

수수께끼의 침입자를 놓쳤으나 그 때문에 란제 씨가 바빠져서 나는 부모님이 계신 곳으로 갔다.

학원에 돌아가도 될지 모르지만 여러 가지로 여전히 모호하고, 무엇보다 모처럼 만났으니까 제대로 이야기하고 싶었다.

그런데―.

"……저기…… 왜 따라오세요?"

"……안 돼?"

"안 되는 건 아니지만……."

"……그럼 문제없어."

"이유를 묻고 있는 건데요?!"

그랬다. 아까부터 줄곧 마왕의 딸이 내 뒤를 따라오고 있었다.

"마왕의 따님. 저 같은 녀석을 따라오지 마시고 다른 마족분들과 함께 있는 편이 좋지 않을까요? 아까까지 위험한 상태였고, 호위로서도……."

"……그거라면 당신 근처가 제일 안전해. 여기서 가장 강하니까."

더는 아무 말도 할 수 없게 되었다.

이상해……. 이곳에는 각국을 대표하는 강한 사람이 모여 있을 텐데……!

무심코 머리를 싸매고 싶어졌지만 그런 나를 무시하고 마왕의 딸은 조금 불만스럽게 말을 이었다.

"……그리고 나는 루티아. 제대로 이름으로 불러 줘."

"죄, 죄송합니다…… 으음, 루티아 씨?"

"……그냥 루티아라고 해."

"아뇨, 마왕의 따님을 역시 막 부를 수는……."

"루티아."

"어어……."

"루티아."

"……네. 루티아."

"……응. 그렇게 불러."

압력에 진 내가 이름을 부르자 루티아는 만족스럽게 고개를 끄덕였다.

"……그런데 당신의 이름은?"

"저요? 저는 세이이치입니다."

"세이이치…… 응. 그리고 존댓말도 필요 없어. 거부권은 없어."

"뭔가 점점 거리낌 없어지지 않아?!"

딱히 상관없지만…….

결국 따라오는 이유를 모른 채 나는 부모님 곁으로 향했다.

그러자 그곳에는 부모님뿐만 아니라 보물상자와 너무나도 낯익은 고릴라가 두 사람…… 아니, 두 개체? 두 마리? 가 있었다.

나를 알아차린 아빠가 웃으며 말을 걸어왔다.

"세이이치! 그 후로 잘 지냈어?"

"응, 똑같지 뭐."

"그래? 그럼 됐다. 사리아 양도 잘 지내고?"

"잘 지내. 그러고 보니 거기 있는 고릴라는……."

부모님과 함께 있는 걸 보면 뭔가 사정을 알고 있을 것 같아서 물어보려고 하자 고릴라 쪽에서 말을 걸어왔다.

"세이이치…… 네가, 사리아의— 딸의 남편인가."

"엥?! 딸?!"

고릴라의 입에서 나온 단어에 나는 깜짝 놀랐다.

내가 그러든 말든 두 고릴라는 말을 이었다.

"나는 사리아의 엄마 【써니】다."

"나는 아빠 【아드라멜렉】이다."

"잠깐만, 상황을 못 쫓아가겠어!"

"……말할 줄 아는 마물…… 신기해."

이 두 사람이 사리아의 부모님?! 진짜로?!

아니, 사리아가 고릴라니까 그야 부모님도 고릴라겠지만!

당연히 같은 종족 동료쯤으로 인식했었기에 사리아의 부

모님이라는 발언에 진심으로 놀랐다.

내 뒤를 따라온 루티아도 사리아의 부모님이 말을 한 것에 조금 놀란 모습이었다.

"어머, 세이이치는 눈치 못 챘던 거니? 보렴, 써니 씨의 눈가가 사리아 양과 똑 닮았잖아."

"왜 엄마는 아는 거야?! 나는 전혀 구별이 안 되는데?!"

예전부터 부모님은 이상했달까, 터무니없긴 했지만…….

"음…… 이렇게 직접, 눈앞에 두고 보니, 세이이치 공은, 규격을 한참 벗어난 존재다."

"사리아는, 좋은 수컷을 붙잡은 것 같다. 이로써 우리의 씨는 안녕하다."

엄마랑 대화하는 내 옆에서 사리아의 부모님은 그런 말을 주고받고 있었다.

……이미 굉장히 실례되는 태도를 보였지만 사리아의 부모님이라면 제대로 인사해야겠지.

"……인사가 늦어졌지만, 사리아와 교제 중인 히이라기 세이이치라고 합니다."

"오오, 이것 참 정중하게도…… 그래서, 아이는 언제 태어나지?"

"되도록 빠른 편이 좋다. 언제, 무슨 일이 있을지 모르니까."

"프헉?!"

아, 정말로 사리아의 부모님이 맞군요!

사고 회로가 매우 닮았어!

　무심코 그런 생각을 하고 있으니 써니 씨가 문득 의문을 입에 담았다.

　"하지만…… 딸은 고릴라고 세이이치 공은 인간. 그 점은 문제없는 건가?"

　"아…… 그게, 지금 따님은 인간과 다름없는 모습으로 생활하고 있으니 문제없습니다. 그리고 사리아가 고릴라인 채여도 저는 사리아를 좋아하니까요……."

　"그런가……. 음? 인간과 다름없는 모습? 무슨 뜻이지?"

　두 사람은 【진화의 열매】를 모르나?

　옛날부터 【끝없는 비애의 숲】에 존재했던 것 같은데…….

　나는 사리아가 【진화의 열매】라는 것을 먹어서 종족적으로도 진화해 인간으로 변할 수 있게 되었다고 두 사람에게 알려 줬다.

　"……【진화의 열매】인가……. 확실히 그런 것이, 있었던 것 같다……."

　"그러나, 그것으로 인간이 된 것이라면, 납득이 간다. 우리도 먹어 보고 싶은데……."

　"저기…… 일단 가지고 있어서요. 하나씩 드시겠어요?"

　그랬다. 스마트폰으로 재배한 【진화의 열매】는 무사히 결실을 봐서 수가 늘어나 있었다.

　나는 더 먹을 수 없어도 남에게 줄 수는 있었다.

효과가 너무 강력해서 건네줄 상대는 신중하게 골라야하지만…… 사리아의 부모님이라면 문제없었다.

내게서 【진화의 열매】를 건네받은 두 사람은 여러 각도로 관찰하기 시작했다.

"호오…… 이것이 【진화의 열매】인가……."

"냄새는 특별히 안 나는군."

그런 두 사람을 보던 루티아가 내 옷자락을 잡아당겼다.

"응?"

"……저거, 나도 줘."

"어? 아니…… 그건……."

어쩔까 생각하고 있으니 사리아의 부모님이 동시에 【진화의 열매】를 베어 물었다.

그리고—.

""마…… 맛없어어어어어어어어어!""

절규했다.

응, 이해해.

효과는 대단하지만 【진화의 열매】는 끔찍하게 맛없지…….

당장에라도 뱉을 것 같은 두 사람을 보고서 루티아는 진지한 얼굴로 입을 열었다.

"……역시 필요 없어."

결과적으로 안 줘도 괜찮게 돼서 다행이었다. 고마워, 진화의 열매!

입을 닦은 써니 씨가 비틀거리며 말했다.

"괴, 굉장히 맛없었다……. 이로써 인간이 될 수 있겠지?"

"아, 그게 말이죠—."

【진화의 열매】는 먹고 나서 자신보다 레벨이 높은 존재를 쓰러뜨려야 했다.

모처럼 맛없는 걸 먹었는데 바로 효과가 발휘되지 않음을 전해야 해서 마음이 쓰렸다. 그렇게 생각했을 때였다.

『스킬 【동조】가 발동했습니다. 이에 따라 주위와 동조합니다.』

"뭣?!"

돌연 내가 가진 스킬『동조』가 발동했다.

어? 뭐야, 뭐야, 뭐야, 뭐야?! 무슨 일이 일어나는 거야?!

써니 씨와 아드라멜렉 씨의 몸이 빛나기 시작했다.

"이것은?!"

"대체 무슨 일이……!"

『동조를 완료했습니다. 이번 동조는 세이이치 님의 【진화 후】 상태를 본체로 【진화의 열매】를 먹은 대상 2명과 동조했기에 2명의 상태가 【진화 후】로 변경되었습니다.』

"거짓말이지?!"

그럴 수도 있는 거야?! 진화한 상태에 동조하다니! 뭐든 가능한 거냐고?! 새삼스럽지만!

머릿속 안내 방송에 태클을 걸고 있을 때 세찬 빛이 두 사람의 몸을 감싸서 우리는 무심코 눈을 가렸다.

빛이 사그라진 것을 느끼고 눈을 뜨자 그곳에는 인간 두 명이 있었다.

"오오, 이게 인간의 몸인가."

"뭐라 말할 수 없는 감각이군."

사리아와 똑같은 진홍색 머리카락을 거칠게 기른 굉장한 미인과, 마찬가지로 진홍색 머리카락을 쓸어 올리는 미장부가 서 있었다. ……알몸으로.

"옷을 입어어어어어어어어어어!"

나는 무심코 힘껏 태클을 걸었다.

그러고 보니 마물은 진화가 끝나면 알몸이 됐었지! 잊고 있었어……!

머리를 싸매는 나에게 사리아의 엄마인 써니 씨는 허리에 손을 올리고서 쓸데없이 당당하게 말했다.

"왜지? 이 모습은 그렇게 이상한가?"

"마물이라면 이상하지 않죠……. 하지만 지금은 인간의 몸이라고요!"

"오오. 털이 단숨에 없어져서 좀 썰렁하군!"

"아드라멜렉 씨도 알몸으로 촐싹거리지 마세요!"

마물이었던 그들에게는 수치심이라는 것이 없는 모양인지 호쾌하게 웃고 있었다. 아니, 사리아는 마물 상태일 때 더 수치심이 있었는데…… 아아, 진짜, 뭐가 뭔지 모르겠어!

어떻게든 옷을 조달해서 두 사람에게 입히려고 했지만 두 사람은 인간의 몸에 흥미진진한지 알몸으로 돌아다녔다.

"제발 얌전히 좀 있어!"

결국 사리아의 부모님이라는 것도 잊고 힘으로 두 사람을 말리기 전까지 써니 씨와 아드라멜렉 씨는 알몸으로 신나게 촐싹거렸다.

【마신교단】이란

　알몸으로 껄껄 웃는 사리아의 부모님에게 어떻게든 옷을 입히고 겨우 진정이 됐을 때, 한 여성이 다가왔다.

　"네가 세이이치?"

　"예? 그런데요……."

　거룩한 금발을 허리까지 기르고 드레스 아머를 입은 낯선 여성의 등장에 고개를 갸웃하자 여성이 상냥하게 미소 지었다.

　"어머, 미안. 나는 엘레미나 키사 웜블그. S급 모험가이고 【번개 여제】라고도 불리는, 란제의 아내야."

　"란제 씨의 아내분?!"

　그러고 보니 교내 대항전 때 S반의 로베르토를 소개하면서 모친이 S급 모험가라고 했었지……. 근데 그런 사람이 대체 내게 무슨 용건일까?

　"저기, 무슨 일 있나요?"

　"아니, 네 이야기를 우리 남편에게 들었거든. 그이가 큰일을 당했을 때 나는 타국에 있었어……. 하지만 네가 구해 줬다는 얘기를 듣고 줄곧 직접 감사 인사를 하고 싶었어. 그이를…… 란제를 살려 줘서 고마워."

"고개를 들어 주세요! 란제 씨에게는 신세 지고 있고, 무엇보다 저는 이 나라를 좋아하니까요……."

"그렇게 말해 주니 국왕의 아내로서 기뻐."

엘레미나 씨는 그렇게 말하고 자상하게 미소 지었다.

문득 엘레미나 씨가 왜 모험가로 활동하고 있는지 궁금해져서 나는 물어보았다.

"하나 여쭤봐도 될까요?"

"어머, 뭔데?"

"왜 모험가로 활동하시는 건가요? 아, 나쁜 뜻은 아니고……. 단순히 궁금해서요……."

곰곰이 생각해 보니 실례되는 질문인 것 같기도 했지만 이미 말해 버렸기에 되돌릴 수는 없었다.

그러나 엘레미나 씨는 화내지 않고 가르쳐 주었다.

"확실히 일국의 왕비가 모험가인 건 별난 일이지. 옛날부터 모험을 좋아했던 내가 마음대로 지낼 수 있게 해 준 란제에게는 정말로 감사하고 있어. 그렇기에 나는 모험가로 활동하며 타국의 정세나 기술을 배워서 이 나라에 도입시키려하고 있어. 그 밖에 외교적인 의미도 있지만…… 최근에는 어떤 단체에 관한 정보를 모으고 있지."

"어떤 단체?"

내가 고개를 갸우뚱하자 엘레미나 씨는 험악한 표정을 지었다.

"그래…… 【마신교단】 말이야."

"……!"

【마신교단】…… 바바드르 마법 학원을 덮쳤던 녀석과 이번에 테르베르를 덮친 녀석들의 조직…….

이름은 몇 번 들었지만 그 실태를 나는 거의 몰랐다.

아까 나타났던 꺼림칙한 남자…… 그 녀석의 능력도 잘 모르겠고…… 대체 뭘까…….

지금까지 본 【마신교단】 무리를 떠올리고 나도 모르게 얼굴을 찌푸리고 있으니 엘레미나 씨가 정보를 알려 줬다.

"너는 란제의 은인이기도 하고, 무엇보다 그 힘은 크게 도움이 돼. 그러니까 너도 【마신교단】에 관해 알았으면 좋겠어."

"죄송합니다. 부탁드릴게요. 이전에도 【마신교단】 녀석과 싸웠지만 그 실태는 잘 몰라서……."

내가 말하자 엘레미나 씨는 고개를 한 번 끄덕였다.

"알겠어. 일단 【마신교단】은 어떤 신을 숭배하는 조직이야. 그 신이 무슨 신인지 알아?"

신? 으음…… 한참 전에 싸웠던 흑룡신 같은 존재일까?

내가 고개를 갸웃하자 엘레미나 씨는 이야기를 계속했다.

"그 모습을 보면 모르는 모양이네……. 그럼 이 이야기는 알아? 이 세계는 신들에게 버려졌어."

"아, 그건 알아요. 옛날에 한 신과 다른 신들 사이에 싸움이 일어났고, 한 신이 져서 봉인됐죠?"

베아트리스 씨의 이야기로는 그랬을 터.

그리고 그때 신들의 힘이 충돌하여 생겨난 것이—『진화의 열매』였다.

"맞아. 그럼 이야기를 되돌릴게. 【마신교단】이 숭배하는 신이 바로…… 패배한 그 신이야."

"네?!"

즉, 흑룡신 같은 존재가 아니라 우리를 이 세계에 보낸 진짜 신이라는 건가?!

새삼스럽지만 규모가 너무 커서 못 따라가겠어.

"하, 하지만, 그 신은 봉인됐잖아요? 어째서 그런 신을 숭배하는 거죠?"

"……【마신교단】의 최종 목적이 그 신을 부활시키는 거니까."

"부활?! 그런 일이 가능한가요?!"

잠깐만! 신이 봉인한 존재를 인간 따위가 부활시킬 수 있는 거야?!

깜짝 놀라는 내게 엘레미나 씨는 무겁게 고개를 끄덕였다.

"그래…… 다만 그 방법이 문제야."

"방법이?"

"전 세계의『부정적 감정』— 증오, 분노, 슬픔…… 그런 어두운 감정들이 부활에 필요해. 이번에 쳐들어왔던 녀석들은 【마신교단】의『사도』라고 불리는 존재로, 봉인된 신으로부터 특별한 힘을 받아 전 세계의 부정적 감정을 모으는 것을 사명으로 삼고 있어."

"부정적 감정……."

되게 알기 쉬운 악신이네. 근데 옛날에는 인간을 마구 예뻐했다던 신 아닌가?

왜 지금은 인간의 부정적 감정을 모으고 있는 거야? 삐뚤어졌어? 삐쳤어?

"아무튼 대충 【마신교단】이라는 존재를 알겠어요. 근데 이 정도로 알고 있다면 각국에서 그 교단을 잡으면 되는 것 아닌가요?"

"그게 그렇게 간단하지 않아. 사실 【마신교단】은 최근 들어서야 겉으로 드러나기 시작했어. 지금까지는 소문으로만 존재가 알려진 정도라 실태는 파악하지 못했었지. 그리고 아까도 말했지만 『사도』라는 존재가 성가셔서……. 이번에 녀석들을 놓친 원인이기도 한 그 꺼림칙한 남자 같은 존재가 흔하게 있는지라 섣불리 건드릴 수 없어."

"그렇군요……."

뭐랄까, 한없이 민폐인 조직이네.

애초에 왜 그 『사도』라는 녀석들은 【마신교단】에 관여하고 있는 걸까?

부활시킬 신이 원하는 것은 인간들의 부정적 감정이고, 설령 『사도』들이 신에게 특별한 힘을 받았더라도 똑같은 인간인데…….

"저기, 그 신을 부활시키면 어떻게 되나요?"

"글쎄…… 거기까지는 아직 모르지만, 지금 이 세계는 신들에게 버려졌고, 변변치 않은 일이 벌어질 것은 틀림없어."

이번 이야기로 【마신교단】에 관해 조금은 알게 됐으나 그와 동시에 의문점도 늘어났다.

……나는 사리아와 동료들과 느긋하게 지내고 싶은데 아무래도 귀찮은 일이 계속 따라다닐 듯했다.

하지만 한 가지는 분명했다. 옛날에는 인간을 예뻐했었더라도 지금은 적이라는 것이다.

만약 사리아와 동료들에게 위험이 미친다면…… 나는 용서하지 않는다.

그렇게 결의를 다지고 있을 때 꺼림칙한 남자의 수색을 지시하던 란제 씨가 돌아왔다.

"칫…… 완전히 놓쳤어."

"어쩔 수 없어. 『사도』의 힘은 미지수인걸."

"하지만 붙잡았던 녀석들을 뺏긴 건 낭패야. 어떻게든 정보를 손에 넣고 싶었는데……."

란제 씨는 엘레미나 씨와 가볍게 이야기하고 내게 시선을 보냈다.

"세이이치. 정말로 덕분에 살았어. 네 덕분에 마왕의 딸도 살릴 수 있었고, 무엇보다 네 소개로 찾아온 이들에게 큰 도움을 받았어. 고맙다."

"아뇨, 힘이 되었다니 기뻐요! ……아, 슬슬 전 학원에 돌아갈게요. 너무 오래 있으면 사리아가 걱정할 테고, 무엇보다 바나 씨에게 부탁받은 일도 있어서……."

"오, 그런가. 아무 일도 없는 게 가장 좋겠지만…… 또 무슨 일이 생기면 널 의지할지도 몰라."

"신경 쓰지 마세요. 그때는 또 힘이 되어 드릴 테니까요."

란제 씨에게 그렇게 말한 뒤, 엄마 아빠와 사리아의 부모님에게도 인사하고 바바드르 마법 학원에 돌아가려고 한 그때였다.

"세이이치. 나도 데려가 줘."

"……엥?"

루티아가 그런 말을 꺼냈다.

마족군 VS 세이이치

나는 루티아의 말에 얼빠진 표정을 지었다.

"엇, 데려가라니……."

"나는 세이이치를 따라가겠다는 거야."

"루티아 님?!"

루티아의 말에 깜짝 놀란 것은 나뿐만이 아닌지 엄청나게 예쁜 사람도 놀란 얼굴이었다.

"루티아 님, 안 됩니다! 조금 전까지 습격받아 위험한 상태셨는데…… 저희 곁을 떠나시면 지켜 드릴 수가 없습니다!"

"맞습니다! 확실히 그 녀석은 은인일지도 모르지만, 그것과 이건 얘기가 다릅니다!"

예쁜 사람뿐만 아니라 백발 미남도 그렇게 말했다.

하지만 두 사람이 하고자 하는 말도 이해가 갔다.

애초에 나도 갑자기 데려가라고 하니 곤혹스럽고, 마족들도 아주 중요한 사람을 정체 모를 나 따위에게 맡길 수 없을 것이다.

"레이어, 조르아. 괜찮아. 세이이치는 강하니까."

"강하다니…… 믿을 수 없습니다! 확실히 『저주』를 푼 건 대단하지만, 그렇다고 강하다는 건 납득할 수 없습니다!"

백발 미남이 말한 후 관록 있는 마족도 입을 열었다.

"……루티아 님. 저도 조르아와 같은 의견입니다. 거기 있는 인간은 도저히 강해 보이지 않습니다."

"제로스……."

이렇게까지 말하는데 역시 루티아도 다시 생각하는 편이 좋지 않을까?

소리 내어 말하지는 않았으나 다른 마족들도 비슷한 반응을 보이고 있고.

……거기, 루시우스 씨! 왜 살짝 재미있는 일이 일어날 것 같다는 얼굴을 하고 있는 거죠! 무슨 생각을 하는지 모르겠지만 그렇게 재미있는 일은—.

"알겠어. 그러면 너희랑 세이이치가 싸워서 세이이치가 이기면 불만 없을까?"

"어머, 싫다."

이럴 줄 알았어! 여기까지 오면 플래그라고 생각했다고! 나도 모르게 여자 말투가 되어 버렸고 말이지!

하지만 현실에서 도피하게 해 주세요. 저는 그저 평온하게 살고 싶을 뿐입니다.

루티아의 말을 들은 관록 있는 마족이 얼굴을 찌푸렸다.

"……루티아 님, 진심이십니까? 저희 전원이 거기 있는 인간과 싸우라는 겁니까?"

"진심이야. 세이이치는 강해."

저기요~ 루티아 씨~? 그렇게 치켜세워 봤자 아무런 좋은 일도 없거든요?

"루티아 님, 농담하지 마십시오. 저나 제로스가 혼자 상대하는 거면 몰라도 전원이 싸우라니요."

"농담 아니야. 전원이 한꺼번에 덤벼도…… 세이이치를 이길 수는 없어."

"어이, 인간. 간덩이가 부었구나."

"너무 불합리한 거 아니에요?!"

내가 말한 것도 아닌데 왜 나한테 화내는 거야?! 이게 바로 권력이 있는 자와 없는 자의 차이인가?!

세상 살기 힘드네!

"뭐야, 뭐야? 재미있는 전개잖아. 좋아. 우리 훈련장을 빌려주지."

"환경이 갖춰져 버렸어!"

좋다, 이거야. 해 주겠어! 그럼 불만 없는 거죠?!

결국 흐름에 넘어간 나는 왕성 내 훈련장으로 갔다.

심지어 마족들과 루티아뿐만 아니라 부모님과 성의 병사들까지 모여서 예상보다 일이 커졌다. 왜 이렇게 된 거지.

넌더리를 내는 내 앞에는 의욕……이라고 할까, 살기 충만한 마족들이 있었다. 어라? 이거 모의전이지? 죽고 죽이는 싸움 아니지?!

나도 모르게 몸을 부르르 떨고 있으니 백발 미남이 뚜둑
소리를 내며 목을 돌렸다.

　"자, 그럼 (살인을) 시작할까."

　"분명 괄호 안에 생략된 말이 있어!"

　안 되겠어! 이 녀석들 눈이 진심이야!

　마족들이 내 태클을 완전히 무시하든 말든 란제 씨가 우
리 사이에 섰다.

　"그럼 모의전을 시작하겠는데…… 죽이지만 않으면 뭘 하
든 좋아."

　"……칫."

　"란제 씨, 저 사람 지금 혀를 찼어요!"

　"기분 탓이겠지."

　"어떻게 그래요?!"

　"하나 질문해도 될까?"

　백발 미남이 혀를 찬 것이 기분 탓이라며 넘긴 뒤 이번에
는 엄청나게 예쁜 사람이 손을 들었다.

　"응? 뭐지?"

　"죽이지만 않으면 된다는 건…… 죽음 같은 고통을 줘도
되는 거지?"

　"상관없겠지."

　"상관없지 않아!"

　왜 그런 흉흉한 일을 허락하는 거야?! 그보다 이런 질문을

하는 걸 보면 확실하게 죽음 같은 고통을 주겠다는 거잖아!

"그렇게 걱정하지 마. 너라면 문제없겠지."

"절 뭐라고 생각하시는 거예요?"

"……좋아, 시작할까!"

"왜 대답을 안 해 주시는 거죠?!"

내 저항은 헛되이 끝났고 마족들은 언제든 싸울 수 있게 거리를 벌렸다.

그 모습을 지켜본 란제 씨가 내 쪽도 확인했고—.

"마족군 대 세이이치…… 시작!"

"삼켜져라!"

란제 씨의 신호와 동시에 새까만 어둠 같은 것이 백발 미남의 전신을 덮더니 거기서 무수한 촉수 비슷한 것이 사출되었다.

일순 마법인가 싶었지만 내 몸이 특별히 반응하지 않는 것을 보면 스킬이나 마법은 아닌 듯했다.

……아까 그 꺼림칙한 남자도 그랬는데 이 세계에는 스킬과 마법만으로는 설명할 수 없는 신기한 힘이 더 있구나.

육박하는 칠흑색 어둠 앞에서 그런 태평한 생각을 하고 있는데 근육질 마초의 도깨비 같은 사람이 힘차게 덤벼들었다.

"조르아의 『어둠』에 닿기도 전에 해치워 주마!"

생긴 걸 보면 힘이 엄청나겠구나, 하고 생각하며 그 도깨비의 주먹을 오른손으로 막았다.

"엥?!"

그러자 도깨비는 얼빠진 표정을 짓고 경직되었다. 그 경직은 상당한 빈틈인 것 같은데……

"우루스, 거기서 비켜!"

"자, 잠깐, 레이어! 내가 아직—"

"『불사염(不死炎)의 원무』!"

"노오오오오오오오!"

근육질 마초 도깨비의 공격을 막고 있으니 즉각 엄청나게 예쁜 사람이 금색으로 빛나는 화염 고리를 몇 개나 사출했다.

이것도 내 몸이 반응하지 않았으므로 스킬이나 마법 종류는 아닐 것이다.

내 손에서 빠져나가지 못한 근육질 마초 씨가 공격에 휘말려서…… 아니, 모든 화염을 직통으로 맞아서 내게는 대미지가 일절 없었다.

하지만 그 반동으로 무심코 손을 놓았기에 그는 불덩이가 되어 자리에서 이탈했다.

"너 때문에 못 맞혔잖아!"

"나는 피해자야!"

근육질 마초 씨에게도 동정이 가지만 가장 큰 피해자는 어째선지 싸우게 된 나라고요.

그런 생각을 하는 사이에 마침내 칠흑색 촉수가 내게 도달했다.

이런저런 일이 있었으나 실제로는 몇 초도 안 되는 시간이었다.

그것만으로도 이 마족들이 대단하다는 걸 알 수 있지만······.

아무튼 피하려고 했더니 굉장히 섹시한 마족 여성이 내게 다가와 요요한 시선을 보냈다.

"멈추세요!『매혹의 눈길』!"

"응?"

이 감각은······【끝없는 비애의 숲】에서『매혹송이』를 먹었을 때의 감각과 비슷했다.

즉, 이 섹시한 마족이 나에게 매료 상태 이상을 걸려고 한 것이다.

하지만【끝없은 비애의 숲】에서 매료 내성을 이미 얻은 나에게는 효과가 없었다.

전혀 매료될 기미가 없는 나를 보고 섹시한 마족이 눈을 크게 떴다.

"또 내 매료가 듣지 않는 상대라니······ 슬슬【서큐버스 퀸】으로서 자신감을 잃을 것 같아······."

"엇······ 뭐, 뭔가 죄송합니다······."

무심코 사과하다 보니 칠흑색 촉수로부터 도망칠 기회를 잃고 말았다.

아니, 억지로 도망칠 수도 있겠지만······.

그런 생각을 하는 사이에 칠흑색 촉수가 나를 에워쌌고

머리 위에서 단숨에 덮쳐들었다.

"이거, 때리면 어떻게 될까……?"

문득 그런 의문이 든 나는 눈앞의 칠흑색 촉수를 때려 보았다.

"에잇."

칠흑색 촉수는 날아가 버렸다.

"하…… 하아아아아?! 내 『어둠』이……?!"

"오오…… 설마 간단히 날아가 버릴 줄이야……."

근데 때린 감각이 안 들었다. 아마 주먹의 압력으로 날린 거겠지. 내가 한 거지만 너무 터무니없어.

어색하게 입꼬리를 실룩대고 있으니 그 광경을 보고 있던 루시우스 씨가 폭소했다.

"아하하하하하하! 세이이치 군, 대단해! 그의 『어둠』은 정말로 특수한 건데…… 그걸 그냥 때려서 날려 버리다니……!"

역시 나는 위험한 것 같다. 제기랄!

"……조르아, 물러나 있어. 『소멸구』."

이번에는 위엄 있는 마족이 뭔가 반투명한 구슬을 쐈다.

이것도 때리면 날아가 버리려나?

"에잇."

반투명한 구슬이 날아가 버렸다.

"무슨……?!"

"어이어이, 도마뱀 녀석의 『소멸구』까지 날려 버리다니 얼마나 괴물인 거야?!"

"포기하면 안 돼, 조르아! 어딘가 약점이 있을 거야!"

"응?"

여자 말투를 쓰는 마족이 그렇게 말한 순간, 주위 분위기라고 할까, 기운이 바뀐 것을 알아차렸다.

이건 뭐지……?

"어머? 내 마력을 알아차리다니…… 갈수록 인간인지 의심스러운걸?"

"무례하시네요! 나는 인간이야! ……아마도!"

"설득력 제로야……."

내 말에 여자 말투 마족이 쓴웃음을 지었다가 곧장 진지하게 표정을 바꿨다.

"자, 노는 건 슬슬 끝이야. 날아가라!"

"……!"

나는 반사적으로 『증오가 소용돌이치는 세검_{블랙}』과 『자애가 넘치는 세검_{화이트}』을 뽑아 위화감이 느껴지는 방향을 벴다.

그 순간, 아무것도 없는 공간을 벴을 텐데 뭔가를 벴다는 느낌이 확실하게 들었다.

그것을 보고 여자 말투 마족이 눈을 크게 떴다.

"말도 안 돼?! 내 공격은 보이지 않을 텐데……!"

아무래도 여자 말투 마족은 안 보이는 공격을 할 수 있는 것 같아서 나는 위화감이 느껴지는 곳을 마구 벴다.

그러자 태세를 바로잡은 근육질 마초 씨와 엄청나게 예쁜 마족을 포함해 전원이 본격적으로 나를 쓰러뜨리기 위해 공격해 왔다.

심지어 각각의 공격이 절묘한 타이밍에 가해져서 연계가 대단했다.

이런 프로의 연계를 상대할 기회는 흔치 않을 테고, 이왕 싸우는 거 나도 뭔가를 얻어 가고 싶어서 나는 나대로 마족들을 상대하며 전투를 연습했다.

이야~ 힘으로 밀어붙이는 게 아니라 기술력으로 빈틈을 찾은 건 어렵구나~.

고마운 연습 상대라고 생각하며 싸움을 이어갔지만 마침내 마족들의 체력이 다 떨어졌는지 다들 숨넘어갈 듯한 상태가 되었다.

"이…… 이 녀석…… 어, 어떻게 생겨 먹은 거야……!"

"헉…… 헉…… 나, 나는…… 더, 더 이상 못 움직여……."

"소, 솔직히 말해서…… 가, 같은 별에 사는 생명체라고는…… 생각할 수 없어……."

너무 실례 아니야? 나는 외계인이 아니라고. ……아니지, 이 별의 인간도 아니니까 외계인인가?

하지만 외계인은 그 마물 판매점에 있던 UMA를 말하는 거잖아! 나는 결단코 아니야!

아무튼 간에…….

"저기, 모의전은―."

『당연히 무리지!』

"아, 네."

마족군 전원에게 그런 말을 듣고 말았다.

루이에스의 결의

『죄송했습니다……!』

무사히 모의전…… 아니, 훈련을 마친 후, 마족들은 내게 머리를 숙였다.

그것을 보고 어째선지 내가 아니라 루티아가 미묘하게 의기양양한 표정을 짓고 있는 것은 잘 이해가 안 갔다.

"아뇨, 고개 드세요! 저는 딱히 신경 쓰지 않으니까요……."

"……면목 없다. 너는 루티아 님을 살린 생명의 은인인데 완전히 피가 거꾸로 솟아서……."

"그러게…… 루티아 님께서 쓰러지신 뒤로 우리도 좀 여유가 없었나 봐……."

내 말을 듣고 백발 미남과 엄청난 미인이 미안해하는 표정을 지었다.

뭐, 마족들의 심정은 이해가 가고, 나도 신경 쓰지 않지만…….

무엇보다 이렇게 무사히 살아났으니까 나로서는 그거면 됐다고 생각하는데…… 그럴 수는 없는 거겠지.

그런 생각을 하고 있을 때 백발 미남의 표정이 진지하게 바뀌었다.

"너한테라면 루티아 님을 맡길 수 있어. 오히려 우리와 함께 있는 것보다 안전하겠지. ……분하게도 말이야. 아무쪼록 루티아 님을 잘 부탁한다!"

"……어? 루티아가 따라오는 건 결정 사항?!"

"그렇다만?"

"내 의사는?!"

『잘 부탁드립니다!』

"이미 안 듣고 있잖아?!"

심지어 전원이 머리를 숙이니 거절할 수 없어! 아무튼 NO라고 못 하는 일본인이니까요!

하지만 실제로 앞으로도 누군가 루티아를 노린다면 내 곁에 있는 것이 가장 안전하지 않을까?

나도 내 몸이 엄청나다는 자각은 있어도 그게 어디까지 통용될지 모르고…….

"부탁받은 이상은 확실하게 지킬 수 있도록 노력할게."

"응. 믿고 있어."

루티아는 나를 보고 고개를 끄덕였다.

자, 그럼…… 슬슬 정말로 돌아갈까.

사리아도 걱정하고 있을지 모르고, 무엇보다 바나 씨에게 부탁받은 던전에도 가야 하니까.

란제 씨와 부모님에게도 돌아가겠다고 전하기 위해 주위

를 둘러보니 이미 성안에 들어갔는지 모습이 보이지 않았다.

그렇다면 일단 나도 성안으로 돌아가려고 했을 때 루이에스가 내 앞에 왔다.

"스승님."

"응? 아, 루이에스. 오랜만이야. 미안한데 슬슬 돌아갈 생각이라 란제 씨에게 안내해 줄 수 있을까?"

"알겠습니다. 저도 스승님과 함께 학원에 가겠습니다."

"고마─ 네?"

나는 무심코 반문했다.

"저기…… 루이에스 씨? 지금 뭐라고……?"

"그러니까, 저도 스승님과 함께 바바드르 마법 학원에 가겠습니다."

"「그러니까」라니?! 뭘 어떻게 해서 그런 얘기가 된 거야?!"

란제 씨에게 안내해 달라고 부탁했는데 왜 그런 이야기가 된 거죠?!

내가 태클을 걸자 루이에스는 전에 없이 표정이 어두워졌다.

"……이번 싸움에서 저는 아무것도 할 수 없었습니다."

"어?"

"원래부터 【검은 성기사】 외에 저와 나란히 설 수 있는 존재는 스승님을 제외하면 없었고, 【초월자】가 되어 한발 더 강해졌다고 생각했습니다. 그렇기에 처음에는 오히려 저보다 강한 존재를 바랐습니다."

처음 루이에스와 만났을 때, 루이에스의 부하인 클라우디아 씨에게 이런 이야기를 들었다.

자신보다 강한 자가 없기에 고독하다고.

그래서 내게 졌을 때 루이에스는 졌는데도 조금 기뻐 보였었다.

"하지만 막상 제가 지켜야 할 나라가 강한 존재에게 습격받고 아무것도 못 한 채 패배했을 때…… 저는 분했습니다. 아무래도 저는 속수무책으로 오만하고 철이 없었던 것 같습니다. 다행히 스승님의 친구분들 덕분에 살았지만, 도움받지 못했다면…… 저는 소중한 것을 지킬 수 없었을 겁니다."

"……."

묵묵히 듣는 내게 루이에스는 올곧은 시선을 보냈다.

"스승님. 저는 강해지고 싶습니다. 누구에게도 지지 않을 만큼. 지키고 싶은 것을 지킬 수 있게."

루이에스의 그 말은 내 마음에도 깊이 울렸다.

내 힘은 확실히 엄청나다. 그야말로 어떻게 할 방도가 없을 만큼.

하지만 얼마나 엄청난지는 모른다.

나보다 더한 존재가 있을지도 모른다.

그리고 그런 녀석이 사리아를 덮친다면…… 나는 지킬 수 없을 것이다.

실제로 아까 그 꺼림칙한 남자가 썼던 힘도 잘 모르고, 마족들의 신기한 힘에도 내 몸은 반응하지 않았다.

분에 넘치는 힘이라는 것은 변함없지만 나도 루이에스를 본받아 더욱더 강해져야만 한다.

—반드시 사리아와 동료들을 지킬 수 있도록.

"……알겠어. 어차피 루티아도 따라오고, 새삼 한 명이 더 늘어나도 똑같겠지. ……루이에스."

"네."

"함께 강해지자."

"윳! ……네!"

내 말에 루이에스는 일순 눈을 크게 뜨더니 뺨을 살짝 붉히며 그렇게 대답했다.

—이때의 나는 조금씩 강해지면 좋겠다고 생각했지만 내 몸은 상상을 초월한다는 것을 통감하게 되는 것은 나중 이야기다.

아무튼 어쩌다 보니 동행인이 두 명이나 생기고 말았다. 이상해. 이거, 어떻게 설명해야 하지? 분명 헬렌이 이것저것 태클을 걸 거야.

뭐, 이미 데려가겠다고 했으니까 불만은 없지만…….

정말로 슬슬 돌아가지 않으면 위험하겠지.

그런고로 당초 목적대로 루이에스에게 란제 씨 곁까지 안내를 부탁했다.

우리 부모님과 란제 씨, 그리고 제아노스와 루시우스 씨가 즐겁게 대화하고 있었다.

"세이이치 군에게는 대단히 신세 지고 있습니다."

"아닙니다, 이쪽이야말로. 저희 아들이 도움이 되고 있는 것 같아서 다행입니다."

"안 본 사이에 정말로 훌륭하게 컸어요……. 사리아 양과의 관계도 그렇고, 잔치 국수를 끓여야겠어요!"

……대화에 끼기 어려워.

대화 주제가 나라서 묘하게 망설이고 있으니 제아노스가 나를 알아차렸다.

"음? 세이이치 공. 그런 곳에서 뭐 하나?"

"어머, 세이이치. 이쪽으로 오렴."

"으, 응……. 어느새 란제 씨랑도 친해졌네?"

내가 그렇게 묻자 아빠는 웃었다.

"그럼~ 임금님과 아는 사이가 된 건 처음이야. 남들한테 자랑할 수 있겠어."

"그러게. 성안에도 처음 들어와 봤는데 정말로 호화로워. 메이드도 잔뜩 있고…… 급료는 얼마일까?"

"글쎄? 그것도 궁금하지만, 이곳 메이드도 『모에~』 같은 걸 하려나?"

"정말이지, 여보. 그건 일본만 그래요. 이곳 분들은 정숙~한 진짜 메이드라고요. 아, 나중에 사진 찍어 달라고 하죠!"

"그거 좋은데!"

"……뭐랄까, 세이이치의 부모님이구나."

"무슨 뜻이죠?!"

부모님의 대화를 듣던 란제 씨가 뭐라 말할 수 없는 표정으로 나를 보았다.

아니, 이렇게 엉뚱한 건 우리 부모님뿐이에요! 아마도! 자신 없어졌지만!

나는 한숨을 한 번 쉬고서 본래 목적을 달성하기 위해 돌아가겠다고 말했다.

"죄송합니다. 슬슬 돌아갈게요. 사리아도 걱정하고 있을 테고, 바나 씨에게 부탁받은 일도 있어서……."

"그런가……. 아, 부모님은 걱정하지 마. 아까 제아노스 공에게도 얘기 들었어. 이 나라에 이주하고 싶다던데…… 나는 물론 환영이야. 이렇게 든든한 존재가 우리나라에 있는 것만으로도 고맙지. 지금 병사들을 도와주고 있는 아벨 공 일행도 마찬가지고."

"감사합니다!"

자세히 보니 확실히 아벨 일행의 모습이 없었다. 그 밖에 갓슬과 모험가들도 있었던 것 같은데 어느새 사라진 상태였다. 뭐, 길드에 돌아갔겠지.

그보다도 무사히 이주를 인정받아서 나로서는 한시름 놓을 수 있었다.

내가 안도하고 있으니 루티아가 란제에게 말을 걸었다.

"란젤프 왕. 나는 세이이치와 함께 갈 거야."

"뭐? ……아, 그러고 보니 그래서 싸웠던 거였지. 까맣게 잊고 있었지만, 그쪽 가신들이 납득했다면 내가 할 말은 없어. 실제로 세이이치와 함께 있는 게 가장 안전할지도 모르니까."

"응. ……회담은 엉망진창이 되어 버렸어. 이번에는 우연히 【마신교단】이었지만, 어쩌면 마족인 우리를 눈엣가시로 여기는 사람들에게 습격받을지도 몰라. 그래도 당신은 앞으로도 마족과 함께 걸어가 줄 거야?"

루티아의 시선은 매우 진지했고 란제 씨도 그 시선을 정면으로 받으며 대답했다.

"당연하지. 이 정도 일로 겁을 먹어서야 쓰겠어?"

"……고마워."

루티아는 안심한 얼굴로 작게 미소 지었다.

"그럼 세이이치! 또 보자! 다음에는 느긋하게 쉬다 가!"

"네! 감사합니다!"

"……제로스, 조르아, 레이어, 리아레타, 우루스, 제이드. 뒷일은 부탁할게."

『예! 조심하십시오!』

란제 씨와 부모님께 인사하는 내 옆에서 루티아도 마족들에게 인사했다.

그러자 루시우스 씨가 루티아 앞에 왔다.

"당신은……."

"모처럼 만났는데 아쉽게도 느긋하게 이야기할 시간은 없는 것 같네. 뭐, 나는 이렇게 살아 돌아왔고 언제든 만날 수 있으니까. 다음에는 느긋하게 얘기 나누자."

"……네."

그런가. 루시우스 씨는 초대 마왕이니까 루티아도 루시우스 씨도 하고 싶은 이야기가 있겠지.

하지만 루시우스 씨의 말대로 만나고자 하면 만날 수 있다.

헤어지기 아쉽지만 슬슬 돌아가려고 했을 때 루이에스도 란제 씨에게 인사했다.

"폐하. 수양을 위해 휴가를 받겠습니다."

"그래. ……뭐?!"

"그럼 이만."

"잠깐, 잠깐, 잠깐, 잠깐! 어? 뭐야?! 너까지 가는 거야?! 금시초문인데?!"

"지금 말씀드렸으니까요."

"보고는 제때제때 하자고 했잖아……! 어떻게 한마디 상의도 없이! 내가 네 상사인 건 알고 있어?!"

루이에스는 란제 씨에게 한마디도 알리지 않았던 모양이다. 전면적으로 란제 씨가 옳아!

결국 루이에스에게 휘말리는 형태로 나도 란제 씨를 설득했다.

던전으로

어떻게든 란제 씨를 설득하여 루이에스의 동행을 인정받은 우리는, 갈 때는 보물상자의 전이 마법을 이용했지만 돌아올 때는 내 전이 마법을 이용해 바바드르 마법 학원에 돌아왔다.

전이 장소는 일단 모의전을 했었던 투기장이었는데 주위에는 아무도 없었다.

루이에스도 루티아도 주변 풍경을 바라보고 있었다.

"굉장하네요…… 혼자 이동하는 데도 상당한 마력을 소비하는 전이 마법으로 세 명이 동시에, 심지어 꽤 먼 거리를 이동하는 건 어려울 텐데요."

"응. 아예 불가능하다고는 할 수 없지만 대량의 마력을 소비하는 건 변함없어. 하지만 세이이치는 마력이 고갈된 것 같지도 않으니까 정말로 대단해."

어째선지 두 사람이 반짝거리는 시선을 보냈다. 낯간지러워.

"……그러고 보니 루티아는 왜 내가 굉장하다고 생각했던 거야? 내 실력을 본 적 없었잖아?"

루티아가 왜 나를 그렇게나 치켜세웠었는지 문득 궁금했다.

확실히 내가 루티아의 『저주』를 풀긴 했으나 백발 미남 마족도 말했듯 그것이 전투력으로 이어지는 것은 아니었다.

루이에스는 실제로 싸웠으니까 이해가 가지만……

내 의문을 듣고 어째선지 도리어 루티아가 고개를 갸웃했다.

"……? 나, 뭔가 이상한 말 했어? 세이이치가 굉장하다고 느꼈으니까 느낀 대로 말했을 뿐이야. 특별히 이유는 없어."

"으음~ 미스터리."

굉장하다고 느꼈다니 그게 뭐야. 그런 오라가 풍기나? 나는 안 보이는데.

"뭐, 좋아. 아무튼 우리 반에 다들 모여 있는 것 같으니까 이동하자."

나는 두 사람을 데리고 교실까지 이동했다.

◆　◇　◆

"—그런고로, 윔블그 왕국의 【검기사】 루이에스와 현 마왕과 같은 입장인 루티아입니다."

"이해가 안 가는데요! 그보다 이러는 것도 두 번째 아니야?!"

교실에 도착한 나는 그대로 루이에스와 루티아와 함께 들어가 교단에 서서 그렇게 고했다.

그러자 역시 헬렌이 내 얼렁뚱땅 설명에 크게 태클을 걸었다.

사리아와 알도 루이에스가 있는 것에 놀라서 눈을 크게 뜨고 있었다.

"어라?! 루이에스 씨?! 어째서 여기에?"

"아니, 루이에스 씨도 그렇지만 옆에 있는 여자는 누구야? 현 마왕과 같은 입장이라고 했지만……."

"으음…… 설명하자면 긴데……."

하지만 설명하지 않으면 모를 테니, 보물상자에게 강제로 연행된 것부터 시작해 【마신교단】과 싸운 것까지 포함하여 모두에게 전했다.

설명을 다 들은 헬렌은 머리를 싸매더니 어색하게 얼굴을 굳혔다.

"다, 당신…… 얼마나 비상식을 거듭해야 직성이 풀리는 거야……."

"나도 본의는 아닌데요."

"저기, 세이이치 선생님. 방금 얘기를 듣자 하니 거기 있는 두 사람도 여기서 지낸다는 것 같은데 맞나요?"

베아트리스 선생님이 내게 그렇게 물었다.

"맞아요. 결과적으로 살아났다고는 하지만 【마신교단】이 루티아를 노렸고, 제 곁에 있는 것이 가장 안전하다고 마족들도 그래서……."

"으음~ 그 마족분들…… 방금 얘기로는 마족군의 장군급인 것 같은데~ 그런 분들이 세이이치 선생님 곁이 가장 안

전하다고 했다니……."

"레이첼, 저 교사에게 무슨 말을 해도 소용없어. 저 루이에스라는 여자는 윔블그 왕국 최강의 기사 중 한 명인【검기사】인 데다가 세이이치 선생의 제자라잖아. 이쯤 되면 정상적으로 상대하는 게 더 바보 같아."

"대답할 말이 없긴 하지만 좀 더 상냥하게 대해 줘!"

이렇게 객관적으로 분석되니 괜히 더 비상식적인 부분이 두드러져!

"역시 형님이십니다! 점점 여성이 늘어나네요!"

"세이이치 선생님, 슬슬 저한테 여성을 함락하는 방법을 가르쳐 줘도 되지 않나요?!"

"그 순수함이 나를 상처 입혀."

아그노스와 플로라의 반짝반짝 빛나는 눈이 내게 한층 더 정신적 대미지를 주었다.

"크, 크흠! 아~ 어쨌든 루티아는 내가 지키기 위해 여기 있는 거고, 루이에스는 다시금 단련하기 위해 나를 따라온 거야. 그리고 갑작스레 미안하지만 나는 얼마간 수업을 할 수 없어."

"예?"

"아, 그 일 때문이군요."

F반 학생들에게는 아직 전해지지 않은 모양이지만 베아트리스 씨는 이미 이야기를 들었는지 고개를 끄덕였다.

"학원장님인 바나바스 씨에게 직접 부탁을 받았어. 아무래도 요전번의 마신교단 남자가 숨어 있던 인근 숲에서 던전이 출현한 것 같아. 그걸 조사하기 위해 나와 루이에스, 루티아, 그리고 사리아, 알, 루루네, 오리가 그리로 갈 생각이야. 이 멤버는 원래 모험가로서 나와 함께 활동했었으니까. 위험하니 너희는 이번에 대기야."

"그, 그럼 형님이 던전에 가 있는 동안 수업은 베아트리스 누님이?"

"그렇게 되지."

"하지만 세이이치 선생님 같은 실기 수업은 제게 무리이므로 전부 이론 수업입니다."

"노오오오오오오오오오오!"

아그노스는 그 자리에 털썩 주저앉았다. 응, 힘내.

"전달 사항은 더 없는 것 같은데…… 내가 없는 동안 공부 열심히 해!"

『네~.』

"싫어어어어어어어어어어어어!"

아그노스 빼고는 다들 씩씩하게 대답했다.

◆ ◇ ◆

준비하기 위해 각자가 움직이기 시작한 가운데, 나는 사리아를 불렀다.

"사리아."

"응? 왜~? 세이이치!"

"사리아의 부모님과 만났어."

"어?!"

사리아는 내 말에 눈을 크게 떴다.

"우리 부모님이라니…… 어디 있었어?"

"아까도 설명했지만【마신교단】이 또 마물을 이용해 웜블그 왕국에 쳐들어왔었거든.【마신교단】이 조종하던 마물 중에 사리아의 부모님이 있었다나 봐."

"그래? 하지만 우리 부모님은 분명 마왕군에 끌려갔던 것 같은데……."

사리아는 그렇게 말하며 고개를 갸웃했다. 그러고 보니 예전에 그런 말을 했던 것 같기도 하다. 아니지, 그때는 사리아보다 강한 마물이 끌려갔다고 했었나? 그중에 부모님도 있었던 걸까?

"어떤 녀석한테 끌려갔었는지 기억해?"

"으음…… 한참 전 일이라서…… 미안, 생각이 안 나……."

조금 슬픈 표정을 짓는 사리아를 보고 나는 당황했다.

"아냐, 아냐! 신경 쓰지 마! 그냥 참고삼아 물어봤을 뿐이니까."

"그래? 어떤 사람에게 끌려갔었는지는 기억나지 않지만【마신교단】이라고 안 하고 마왕군이라고 했던 건 확실해."

"그렇구나……. 알겠어, 고마워."

"응! 아, 엄마랑 아빠는 건강했어?"

"굉장히 건강했어. 그리고 듣자 하니 우리 부모님이랑 함께 살기로 한 것 같으니까 만나려고 하면 만날 수 있어."

루이에스가 란제 씨를 설득하고 있을 때 들었는데 아무래도 써니 씨와 아드라멜렉 씨는 우리 부모님과 함께 살기로 한 것 같았다.

제아노스 일행과 함께 모험가가 될 거라고 했으니 밥벌이 쪽도 괜찮을 것이다.

우리 부모님과도 사이가 좋아 보였고 걱정은 되지 않았다.

오히려 윔블그 왕국의 전력이 증강됐다고 생각하면 안심이 됐다.

"그렇구나…… 그럼 언제 한번 둘이서 만나러 가자! 나도 한 번 더 세이이치네 부모님에게 인사하고 싶어!"

"그, 그러자."

사리아가 말하는 인사라는 건 부모님에게 애인을 정식으로 소개하는 거겠지…….

날짜도 정해지지 않은 훗날 일이기는 하지만 상상만 해도 긴장됐다. 나나 사리아나 서로의 부모님과 만나긴 했지만 그것과 이건 별개의 이야기라고 할까…….

사리아도 그렇지만 알의 부모님에게도 인사하러 가야겠지. 그 점은 알과 상담해야겠지만.

그런 생각을 하면서도 우리는 던전에 가기 위해 준비를 시작했다.

◆ ◇ ◆

"여기가 그 던전이구나……."

"우와~! 입구는 이런 느낌이구나!"

정신 차리고 보니 확인도 하지 않고서 다 함께 던전에 가는 전제로 이야기를 진행하고 말았지만, 사리아와 동료들은 전혀 신경 쓰는 기색 없이 승낙해 주었다.

그리고 지금, 우리 앞에는 그야말로 던전의 입구라는 느낌의 동굴이 있었다.

【끝없는 비애의 숲】에서 제아노스가 있었던 곳도 이런 느낌의 동굴이었지.

그건 그렇고 이런 숲 안쪽에 있었구나.

지금은 없지만 그 남자를 심문하여 이 장소를 조사했을 때, 주위에는 무참히 살해당한 마물의 사체가 가득했다고 한다.

그 결과 생태계가 무너져서 던전과 흉악한 마물이 출현한 듯했다.

실질적으로 던전은 세 번째지만 입구로 들어가는 것은 이제 두 번째라 긴장됐다.

"루이에스 씨! 루티아 씨! 잘 부탁해!"

"네, 사리아 씨. 잘 부탁드립니다."

"잘 부탁해. ……너도 세이이치랑 마찬가지로 조금 특이한 기운이 느껴져."

"그래? 하지만 세이이치와 같다면 좋아!"

사리아는 변함없는 활기참으로 루티아와 금세 친해졌다.

루이에스는 조용히 선 오리가에게 시선을 보냈다.

"오리가. 오랜만입니다."

"……응. 루이에스 언니, 오랜만."

"잘 지내셨습니까?"

"……응. 완전 굿."

어디서 그런 말을 배웠는지 모르겠지만 오리가는 루이에스를 향해 엄지를 척 치켜들었다.

"검은 고양이 수인…… 이 아이도 희한해."

루이에스와 오리가를 보고 있던 루티아가 살짝 눈을 크게 떴다.

"역시 검은 고양이 수인은 희한한가 봐?"

"……응. 다만 희한하다고 해도…… 박해 대상이라……."

"아……."

오리가는 그저 검은 고양이 수인이라는 이유로 부모에게 버려져 암살자로 자랐다.

……진짜 같잖은 이유였다.

나도 모르게 숙연해져 있으니 루티아가 루루네와 알에게 시선을 보냈다.

"……그리고 자세히 보니 이쪽 여성도 사리아 씨나 세이이치와 똑같은 기운이 느껴져. 그것과는 다르지만 당신은 누군가에게 축복받은 것 같고."

"음? 그, 그런가…… 주인님과 똑같나……."

"축복? 나, 누군가에게 축복받은 적 있었나……?"

루루네는 그렇다 치고 알은 고개를 갸웃했다.

뭐, 알은 보물상자의 반지로 저주가 반전됐고 반지의 설명문에도 축복이라고 적혀 있었을 터다.

그건 그렇고, 루티아는 나나 다른 사람은 알 수 없는 기운이나 분위기 같은 것을 감지할 수 있는 듯했다.

사리아뿐만 아니라 루루네까지 『진화의 열매』의 효과를 받았다는 것을 알아차렸으니 말이지.

그런 루티아는 우리 전원을 바라본 후 다시금 던전에 시선을 보냈다.

"……이 던전은…… 몹시…… 몹시 슬픈 기운이 감돌고 있어……."

"슬픈 기운?"

"응. 왜 이렇게 슬픈 기운이 감돌고 있는지는 모르겠지만……."

내게는 평범한 동굴로만 보이는데 역시 루티아에게는 다

르게 보이는 모양이었다.

"……뭐, 생각해 봤자 알 수 없고, 바로 갈까?"

내 말에 다들 힘 있게 고개를 끄덕이고서 던전에 발을 들였다.

던전의 함정

던전 내부는 신기하게도 밝았다.

"음…… 횃불이나 광원이 있는 것도 아닌데 밝다니……."

"그렇죠. 스승님께서 말씀하신 대로 횃불이 벽에 걸린 던전도 확실히 존재하지만 이처럼 신기하게 밝은 던전이 일반적입니다. 다만 왜 밝냐고 물으셔도 그 점은 저도 생각해 본 적이 없습니다."

내 의문에 루이에스도 고개를 끄덕였다.

곰곰이 생각해 보면 흑룡신이 있었던 곳도 이런 느낌이었던 것 같다.

뭐, 그때는 주위를 신경 쓸 겨를이 없었지만…….

마물도 경계해야 했으나 그 이상으로 예전에 알과 분단됐을 때 같은 함정을 경계하며 우리는 나아갔다.

결국 벽을 뚫을 수 있다는 걸 아니까 괜찮지만 함정에 걸리지 않는 것이 제일이긴 하다.

막무가내로 벽을 부쉈다가 던전이 붕괴해도 곤란하고.

"마물도 그렇지만 함정도 조심해야 해. 다들 발밑이나 벽에 뭔가 부자연스러운 점이 있으면 알려 줘."

"아, 주인님! 이쪽 벽만 색이 달라요!"

"응? 정말이네."

"눌러 봐도 될까요?!"

"그걸 왜 눌러."

어째선지 루루네는 한 군데만 색이 다른 벽을 찾아내더니 그것을 누르려고 했다. 함정을 조심하라고 했잖아.

"……먹보, 바보?"

"뭐, 뭐라고?! 이런 거 보면 눌러 보고 싶어지잖아! 뭔가…… 위에서 스테이크가 대량으로 떨어질지도 모르잖아?!"

"그건 그것대로 싫어."

평범하게 물량적으로 압사될 것 같고 살아나더라도 끈적 끈적하고 축축하잖아.

"세이이치."

"응? 왜? 루티아."

루티아가 불쑥 불러서 그쪽으로 시선을 돌렸다.

"이 바닥, 색이 달라. 에잇."

"그래? ……왜 밟은 거야?!"

너무나도 시원스럽게 밟아서 평범하게 넘길 뻔했다.

"아니, 아니, 아니! 함정을 조심하라고 했잖아! 왜 밟는 거야?!"

"응? 난 던전이 처음이라서…… 바닥 색이 다르면 함정이야?"

"오케이. 그 단계구나!"

아무래도 루티아는 던전 자체가 처음인 모양이라 무엇이 위험한지 모르는 듯했다.

내가 멋대로 상식이라고 여기는 바에 의하면 색이 다른 바닥이나 벽이 있을 시 함정을 의심해야 했지만, 결국은 내가 생각하는 상식일 뿐인 것을 루티아에게 강요한 것이 문제였다.

"아, 아무튼, 어떤 함정이— 우오오악?!"

돌연 좌우 벽에서 날 향해 창 여러 개가 튀어나왔다.

그것을 나는 솜씨 좋게 몸을 비틀어 피했다.

조심조심 창끝을 보니 척 보기에도 독임을 주장하는 듯한 보라색 액체가 묻어 있었고, 물방울이 바닥에 떨어진 순간, 연기가 피어올랐다.

『오오오오!』

"아니, 감탄하지 말고 도와줘!"

내 움직임에 다들 박수를 보내 줬다. 그럴 때가 아니지만 말이지!

어떻게든 창에서 탈출하자 루이에스가 신묘한 얼굴로 뭔가 납득했다.

"과연…… 이렇게 던전의 함정에 스스로 몸을 던져서 자신을 단련하는 거군요……."

"엥?"

"그럼…… 에잇."

"어이이이이이이이이?!"

루이에스는 망설임 없이 색이 다른 별개의 바닥을 밟았다.

"어떤 함정이든 저는 빠져나갈 수 있습니다! 자…… 덤비세요!"

"함정에 안 걸리는 게 정답이라고! 스스로 함정을 밟다니 바보야?!"

"아뇨, 스승님! 알고 있습니다. 안전한 길이 아니라 그런 바보 같은 길을 나아가야만 비로소 진정한 강함이 기다리고 있는 것이죠!"

"쓸데없이 깊게 생각하지 마아아아아아아!"

루이에스는 날카롭게 표정을 다잡고서 곧 덮칠 함정에 대비했다.

그 결과—.

"으헉?!"

어째선지 내 목을 향해 레이저 광선 같은 것이 쏘아졌다. 나는 브릿지 자세로 그것을 피했다.

그러면서 광선이 머리카락에 살짝 닿았는데 깔끔하게 불타 사라졌다.

『오오오오!』

"감탄하지 말고 도와달라니까?!"

"그럼 이 벽은?"

"이 바보으엑?!"

이어서 루티아가 재차 색이 다른 벽을 눌렀다.

그러자 즉각 내 발밑에 구멍이 뻥 뚫렸기에 나는 브릿지 자세에서 몸을 틀어 구멍 함정을 회피했다.

"세이이치, 굉장하네."

"응! 역시 세이이치야!"

"그만 좀 멈춰 줘!"

알과 사리아가 감동하며 말했지만 지금은 그 감동보다 안심을 원해!

"그러고 보니 알이 보기에 이 던전은 강한 마물이 있을 것 같아? 함정의 수준 같은 걸 볼 때."

"응? 그러네…… 나도 레벨이 꽤 올랐고, 무엇보다 세이이치 근처에 있어서 정확한 레벨 차이는 파악할 수 없지만, 그래도 나 혼자서 공략하는 건 무리야. 하지만 루이에스 씨라면 공략 가능하지 않을까? 나도 자신의 실력을 넘어서는 던전에 혼자 돌격하지는 않으니까 함정 종류를 봐도 많은 건알 수 없어."

"그렇구나…… 사리아는 어때? 평소 말하는 야생의 감에 걸릴 만한 마물이 있을 것 같아?"

"으음…… 나도 알과 같은 의견이려나. 일대일이라면 지지 않겠지만, 연속해서 싸우거나 혼자 공략하는 건 무리일지도."

우리 이야기를 듣던 알이 문득 생각났다는 모습으로 고개를 끄덕였다.

"아아…… 까맣게 잊고 있었지만 사리아는 마물이었지. 평소라면 야생의 감이라고 해도 와닿지 않지만……. 착하고, 지금은 마물은커녕 무기도 안 들고 있으니까 싸울 것처럼 안 보여."

"그래? 원래 싸울 때는 마물 모습이 되어야 하는데, 지금은 얼굴만 바꾸면 전력으로 싸울 수 있어."

"안 그러는 편이 좋아. 세이이치도 미묘하다는 표정을 짓고 있고 나도 미묘하다고 생각해."

"으음~?"

알도 나와 똑같은 감성을 가졌는지 사리아의 얼굴만 고릴라화에는 반대인 듯했다. 다만 전력을 끌어낼 수단 중 하나라서 완전히 반대할 수 없단 말이지.

이번에는 확실하게 타일렀기에 루이에스도 얌전해져서 함정을 누르지 않게 되었다. 처음부터 그랬으면 좋았잖아. 당신, 나보다 던전 경험 풍부하잖아요.

"……음, 세이이치 오빠. 앞에서 뭔가가 와."

"오? 정말이네."

오리가가 내게 말하는 것과 동시에 나도 앞에서 다가오는 존재를 알아차렸다.

지금 나는 스킬 【세계안】으로 늘 색적하고 있을 뿐만 아니라 명계에서 익힌 생명력을 탐지하는 기술도 쓰고 있었다.

"스승님. 여기는 제게 맡겨 주십시오."

루에이스는 애초에 강해지고 싶어서 따라왔기에 이런 전투는 자신이 맡고 싶은 듯했다.

그런 대화를 나누고 있으니 마침내 모습이 보이는 위치까지 무언가가 다가왔다.

우리 앞에 나타난 것은 몸길이가 3미터쯤 되는 짙은 갈색 곰이었다.

하지만 눈이 동그래서 왠지 베어드의 인형 탈이 머릿속에 떠올랐다.

어째선지 항아리를 모자처럼 쓰고 있었고 양쪽 앞발의 발톱은 매우 날카로웠다.

곰은 우리의 존재를 눈치채고 눈을 반짝였다.

『와! 인간이다!』

"엥?"

곰이 생각과 다른 반응을 보여서 나는 무심코 얼빠진 목소리를 냈다.

흉악한 곰이라기보다 숲속 곰돌이인데? 여기 던전이지만…….

아무튼 【상급 감정】을 발동시켜 상대의 이름을 확인했다.

『던전 베어 Lv: 488』

이름 그대로네! 근데 던전 곰돌이 레벨 높아?!

이름은 차치하더라도 이 정도 레벨이 있는 것을 보면 적어도 【끝없는 비애의 숲】이나 흑룡신의 던전과 동등한 던전이리라. 응, 왜 이렇게 고레벨 던전만 걸리는 걸까?

지금 알의 레벨이 몇인지는 모르지만 분명 사리아와 비슷하겠지. 뭐, 내가 아는 사리아의 레벨도 한참 전 레벨이니 지금은 더 올랐을지도 모른다.

그러고 보니 자연스럽게 곰돌이의 말이 이해되는 것을 넘어갈 뻔했는데 【전 언어 이해】가 있어서 마물의 말도 알아들을 수 있는 것이었다.

하지만 마물의 말을 알아듣는 사람은 나와 사리아…… 그리고 루루네도 알려나? 아무튼 그랬고, 아마 루티아도 마물과 대충 의사소통은 할 수 있지만 자세한 말까지는 알아듣지 못할 것이다.

눈앞의 곰돌이를 보며 그런 생각을 하고 있으니 곰돌이가 이쪽으로 힘차게 다가왔다.

『인간~! 놀아 줘~!』

천진난만해! 엄청 천진난만하게 다가오잖아! 이 녀석, 정말로 마물이야?!

하지만 곰돌이가 동족에게 하는 것처럼 어리광부리면 인간은 죽어 버릴 거야!

상대에게 적의가 없기에 어쩔까 고민하고 있는데 루이에스가 움직였다.

"홋!"

"엇?! 잠깐만! 루이에스, 스톱―"

『으아아아아아아아아아?!』

"곰돌아아아아아아아아아아아아아?!"

늘어 버렸어어어어어어어어!

루이에스는 순식간에 곰돌이에게 다가가 목을 베어 버렸다.

곰돌이의 목이 지면에 떨어짐과 동시에 루이에스는 기대에 찬 눈으로 나를 보았다.

"스승님, 스승님. 어떻습니까? 강해질 수 있을 것 같습니까?"

『어…… 어째서어어어?! 나…… 나는 그저 같이 놀고 싶었을 뿐인데에에에?!』

"……."

미안해애애애! 나도 말리려고 했어어어어어어!

곰은 피눈물을 흘리며 이쪽을 지그시 바라보다가 빛의 입자가 되어 사라졌다.

무서워, 무서워, 무서워, 무섭다고! 마물의 목소리가 들리는 건 이런 폐해가 있어서 싫어!

"……? 저기…… 제가 뭔가 실수했습니까……?"

내가 아무런 반응도 보이지 않아서……라기보다 반응할 정신이 없었던 거지만, 아무튼 그래서 루이에스는 불안해하며 내 얼굴을 올려다보았다.

그걸 보고 나는 겨우 정신을 차렸다.

"헉?! 미, 미안. 으, 응…… 좋지 않을까요? 응."

"정말입니까? 그렇다면…… 여기요."

"……네?"

어째선지 루이에스는 내게 머리를 내밀었다.

"……? 아이가 잘했을 때는 머리를 쓰다듬어 주는 것 아닙니까?"

"어디서 얻은 정보야?! 그거!"

그건 어린아이를 칭찬할 때 하는 행동이잖아?! 주로 오리가 같은 어린아이!

"안 될까요……."

"으……."

표정이야 큰 변화는 없었지만 어딘가 시무룩한 모습인 루이에스를 보고 나는 체념했다.

"하아…… 참 잘했어요."

"……네."

어째선지 루이에스는 매우 기뻐 보였다.

오두사

알 수 없는 포상으로 루이에스의 머리를 쓰다듬었지만 그것이 사리아와 알의 의욕에도 불을 붙였는지 그 후 마물을 발견하는 즉시 섬멸해 나갔다.

정말 고맙게도 그 뒤로 곰돌이처럼 인간에게 우호적인 마물은 나오지 않았다.

응…… 죄책감에 내 마음이 죽을 것 같아…….

더는 그런 비극이 되풀이되지 않게 하자…… 아니, 정말로.

"세이이치! 이것 봐, 확실하게 쓰러뜨렸어~! 그러니까 머리 쓰다듬어 줘~!"

천진난만하게 웃으며 내게 머리를 보이는 사리아.

"세이이치! 해치웠다! 그러니까, 그게…… 빨리 쓰다듬어……."

점차 기어드는 목소리로 말하며 얼굴을 붉히면서도 머리를 내미는 알.

"스승님. 이번에도 빠르게 처리했습니다. ……부탁드립니다."

표정은 바뀌지 않지만 뺨이 살짝 빨개져서 고개를 숙이는 루이에스.

……이건 무슨 상황인가요?

우리 지금 던전에 와 있죠? 왜 이렇게 긴장감이 없는 거야?

진짜 뭐 하러 온 걸까 생각하고 있으니 오리가가 루루네에게 말했다.

"……먹보는 안 해?"

"음? 아니…… 역시 사리아 님이 활약할 기회를 뺏을 수는……."

"……흐응~ 그럼 난 갈게."

"뭐, 뭐라고?!"

……응. 머리를 쓰다듬을 상대가 더 늘어날 것 같다.

어색하게 웃는 내게 루티아가 물었다.

"던전은 보통 이런 느낌이야?"

"절대로 아니야!"

그래, 결단코 아니다! 분명! 아마도! ……자신 없어졌어!

다만 곰돌이의 레벨이 높았던 것처럼 역시 이 던전은 제법 고난도인지 지금도 루이에스가 어떻게든 공격에 대처하고 있었다.

"하앗!"

"크르르르르르…… 아우우우우우우우우!"

그 마물은『블러드 독 Lv: 621』, 몸길이는 약 2미터쯤 되고 검붉은 털과 핏발 선 눈이 특징이었다.

참고로 이번에는 아까 그 곰돌이처럼 걱정하지 않아도 됐다.

왜냐하면…….

『얏호오오오오! 고기다, 고기야! 네놈들 전부 잡아먹어 주마아아아!』

……이렇게 몹시 호전적이었기 때문이다. 차라리 곰돌이도 이토록 적의와 살의를 드러냈으면 좋았을 텐데…….

블러드 독은 움직임이 재빨랐고 결코 넓다고는 할 수 없는 던전의 통로나 벽을 이용하여 다양한 각도에서 덤벼들었다.

지금도 루이에스는 날카로운 발톱 공격을 세검으로 막고 있었다.

"큭!"

"나도 있다고!"

루이에스가 발톱을 막자 알이 블러드 독에게 공격을 가했지만 블러드 독은 곧장 도망쳤다.

하지만 그렇게 도망친 곳에 얼굴만 고릴라가 된 사리아가 있었다.

"일격, 분쇄!"

"캥?!"

사리아는 무시무시한 속도로 주먹을 휘둘렀고 블러드 독은 크게 날아갔다.

그 틈을 놓치지 않겠다는 듯 루이에스가 추격하자 블러드 독이 황급히 방어 태세를 갖추려고 했지만 그러기도 전에 검이 몸통을 꿰뚫었다.

그 일격으로 절명한 블러드 독은 빛의 입자가 되어 사라졌다.

이거, 내가 아니라 동료들이 모두 쓰러뜨려서 드롭아이템이 없네. 만약 곰돌이도 포함해 내가 다 쓰러뜨렸으면 지금쯤 내 몸은 더 진화했겠지.

"후우…… 적이 꽤 강해졌군요. 저 혼자서는 힘들었을 겁니다. 사리아 씨, 알트리아 씨. 감사합니다."

그렇게 말하고 루이에스는 머리를 숙였다.

응, 루이에스는 착한 아이야.

그저 마물의 말을 알아듣지 못해 일어난 슬픈 사건이었던 거야…….

그렇게 루이에스는 당초 목적대로 자신의 단련도 겸하며 다양한 마물을 베어 나갔다.

혼자서는 조금 버거운 상대도 알과 사리아와 협력하여 해치우고 있어서 아직은 괜찮아 보였다.

하지만 마물도 늘 한 마리만 나타나는 것은 아니었다. 힘에 부치는 마물이 무더기로 공격해 오기도 했다.

그러나 도중부터 루루네와 오리가도 참전하여 결국 아무도 다치지 않았다.

"……응, 세이이치가 터무니없는 건 오라로 알았지만, 이렇게 보니 다른 동료들도 충분히 이상해. 이것도 세이이치의 효과?"

"그, 글쎄?"

루티아의 말에 나는 고개를 갸우뚱할 수밖에 없었다.

내 탓은 아니라고 생각하지만 완전히 부정할 수 없는 것이 지금의 나란 말이지.

별 긴장감 없이 나아간 우리는 넓은 방으로 나왔다.

"여기는? 던전에는 좁은 통로만 있는 게 아니구나."

"그렇지…… 평범하게 생각하면 함정이나 보스가 있는 곳인데……."

루티아는 흥미롭게 주위를 둘러보았고 알은 조금 경계하면서도 그렇게 대답했다.

"맞습니다. 이렇게 넓은 방은 던전에서 드물지 않습니다. 운이 좋으면 보물 상자 등이 놓여 있습니다만……."

"먹을 게 들어 있는 건가?!"

"……아쉽게도 음식은 아닐 겁니다. 그리고 이 방에는 보물 상자가 없는 것 같습니다."

루이에스의 보충 설명에 루루네는 즉각 반응했으나 보물 상자가 없음을 알고 이내 실망했다.

"……먹보. 보물 상자에 든 음식도 먹어?"

"당연한 거 아니야? 무슨 그런 멍청한 질문을 해?"

"……응. 분명 배탈 나."

오리가는 루루네의 말에 얼굴을 찡그리고서 자신의 배를 만졌다.

"뭐, 루루네의 식욕이야 새삼스러울 것도 없지. 그보다도 보물 상자가 없는 걸 보면 역시 이 방에 있는 건 보스거나 함정인데……."

『그렇다, 침입자여.』

"엇?!"

돌연 방 안에 낮은 목소리가 울렸다.

그러더니 갑자기 나타난 두꺼운 문이 우리의 후방을 막았다.

"칫…… 아무래도 함정과 보스, 양쪽 다인 모양이야."

"……아, 세이이치! 저기 좀 봐!"

사리아가 가리키는 방향을 보자 그곳에는 뒤쪽과 똑같은 두꺼운 문이 있었고, 그 문을 사이에 둔 형태로 던전 벽에 인간의 거대한 【눈】이 있었다.

『잘 왔다, 침입자여. 나는 이 던전 그 자체…… 네놈들을 환영한다.』

어디서 목소리가 나오는지는 모르겠지만 거대한 눈은 낮은 목소리로 그렇게 말했다.

"화, 환영?"

『그렇다, 환영이다. ─자, 받아라.』

거대한 눈이 날카로워진 순간, 돌연 주위에 대량의 마물이 나타났다.

개 형태, 드래곤형, 좀비처럼 생긴 것까지, 통일성 없는 마물이 일제히 덤벼들었다.

"젠장, 【몬스터 하우스】인가!"

"【몬스터 하우스】?"

알의 입에서 나온 생소한 단어에 고개를 갸웃하자 대신 루이에스가 가르쳐 줬다.

"【몬스터 하우스】란 이름대로 대량의 마물이 나타나는 함정의 일종입니다. 원래 저런 거대한 눈이나 목소리는 없고, 솟아나는 마물을 일정 수 토벌하면 앞으로 나아갈 수 있지만…… 이 상황에서는 그것도 불확실합니다."

아무래도 목소리나 거대한 눈은 일반적이지 않은 듯했다.

그러나 어차피 이 상황을 타개하려면 마물을 해치울 수밖에 없었다.

"이것 또한 하나의 단련이겠죠. 【워터 레이저】."

루이에스는 세검을 뽑고서 수속성 마법인 【워터 레이저】를 외웠다.

하지만 평범한 【워터 레이저】와 달리 물로 이루어진 레이저가 세검에 휘감겨 장검으로 모습을 바꾸었다.

"―하앗!"

루이에스가 그 세검을 휘두르자 달려든 앞쪽 마물들이 간단히 잘려 나갔다.

"그럼 다녀오겠습니다."

"다, 다녀와."

루이에스는 그렇게 말하고서 무시무시한 속도로 마물 떼

를 향해 돌격했다.

으음…… 이렇게 보면 루이에스도 약한 건 아닌데 말이지.

그저 【마신교단】이란 녀석들이 꺼림칙한 힘을 가졌을 뿐…….

하지만 그런 녀석들과 싸워야 하니 강해질 필요가 있다는 건 나도 잘 알았다.

돌격한 루이에스를 보고 사리아도 전투태세가 되었다.

"알, 간다."

"그, 그래! ……역시 갑자기 얼굴만 고릴라가 되는 건 익숙해지질 않아!"

"【순완】."

"벌써 싸우고 있어?!"

사리아는 스킬 【순완】을 발동시켜서 제일 가까운 개 형태 마물에게 인간 상태인 주먹을 순식간에 때려 박았다.

그 주먹은 개 형태 마물의 배를 날카롭게 도려냈고 사리아의 주먹이 만든 충격파로 주위 마물도 한꺼번에 날아갔다.

오랜만에 【순완】을 봤는데 원래 저렇게 위력이 셌던가?

개중에는 충격파만으로도 온몸이 갈기갈기 찢긴 마물까지 있었다. ……저 위력을 진화하기 전에 맞았다면 죽었을 거야.

알도 사리아의 갑작스러운 전투에 놀랐지만 곧장 의식을 전환하여 커다란 도끼를 휘둘렀다.

"나도…… 여전히 약하진 않다고!"

알의 도끼가 너구리형 마물의 배에 부딪혔고……

"날아가라! 【아이스 쇼크】!"

그 순간, 도끼에서 날카로운 냉기가 분출되어 너구리형 마물의 배를 꿰뚫었다.

그리고 그 냉기는 다른 마물에게도 영향을 미쳐서 발밑을 얼게 하여 움직임을 둔화시켰다.

"알 씨, 좋은 공격입니다."

루이에스가 그 틈을 놓치지 않고 움직이지 못하는 마물들을 차례차례 해치워 나갔다.

동료들에 의해 마물의 수는 착실하게 줄어들었다. 나는 그저 우두커니 서 있을 뿐이지만 아무런 피해도 없었다.

정말로 나, 뭐 하러 온 거지?

무심코 자신이 있는 의미를 생각하는데 루티아가 옷자락을 잡아당겼다.

"응?"

"나, 확실히 세이이치랑 있는 게 가장 안전하다고 생각했어. 하지만 다른 사람들을 보니까…… 응, 더욱 안심했어."

"그, 그래?"

마족들에게 있어 무척 중요한 분을 맡은 것이니 말이지.

안심하고 곁에 있어 주는 것이 제일이었다.

너무나 긴장감 없는 우리와는 달리 지금까지 여유로운 모습으로 전개를 지켜보던 거대한 눈이 당황하여 외쳤다.

『네, 네놈들은 뭐냐! 보통이 아니야!』

보통이 아니라니 말 심하게 하네. 보통은 아니지만…….

『에잇, 그렇다면 이 녀석은 어떠냐?!』

마물의 수가 몇 마리 남지 않게 되었을 때, 갑자기 눈 사이에 있는 두꺼운 문이 열렸다.

그리고 거기에서 머리가 다섯 개나 달린 거대한 뱀이 나타났다.

그 녀석은 지금까지의 마물과 확연하게 격이 다른 분위기를 풍기고 있었다.

무심코 감정하자 이렇게 표시되었다.

『오두사 Lv: 893』

진짜로 강하잖아.

오면서 싸웠던 마물보다 레벨이 두 배 가까이 높아.

이 녀석이 이 던전의 보스일까?

그런 생각을 하고 있는데 다른 마물을 모두 쓰러뜨린 루이에스가 즉각 뱀의 머리를 하나 벴다.

"으어어어어어?! 빨라! 벌써 벴어?!"

너무 순식간에 잘라 버려서 나도 모르게 소리쳤다.

하지만—.

『으하하하하하하하! 멍청하기는! 그 녀석은 머리 다섯 개를 동시에 잘라야만 죽일 수 있다! 그런 완벽하고 치밀한 연계를 너희들이 펼칠 수 있을까?!』

거대한 눈이 말한 대로, 잘린 머리가 바로 사라지더니 새로운 머리가 자라났다.

그 광경을 보고서 역시 어렵겠다고 느꼈는지 루루네와 오리가가 참전했다.

"……먹보, 할 수 있겠어?"

"저 뱀…… 요컨대 계속 먹을 수 있다는 건가?!"

"……괜찮겠네."

루루네의 바보 같은 대답은 무시하고 루이에스, 사리아, 알, 루루네, 오리가까지 다섯 명이 모였다.

계산상으로는 한 명씩 완벽히 똑같은 타이밍에 머리를 공격하면 쓰러뜨릴 수 있을 터.

그러나 말로는 간단해도 실제로 호흡을 맞춰 동시에 공격하기는 매우 어려울 것이다.

"……세이이치, 동료들은 괜찮아? 안 도와줘도 돼?"

루티아가 걱정스러운 얼굴로 물어봤지만…… 어째선지 나는 괜찮으리라고 생각하고 있었다.

물론 다치면 어쩌나 걱정되기는 했다.

하지만 그 이상으로 모두를 믿는 마음이 더 강했다.

그리고 루이에스는 오히려 이 상황이 좋을 것이다. 단련하기 위해 날 따라왔고 무엇보다 정말로 위험해지면 반드시 내가 도와주러 갈 거니까.

그러나 오두사도 결코 약하지는 않았다.

지금도 어떻게든 타이밍을 맞춰 공격하려고 하는 사리아와 동료들에게 보라색 액체를 토하고 있었다.

닿은 순간 엄청난 소리를 내며 바닥이 녹는 것을 보면 액체와 접촉하는 것은 완전히 아웃이었다.

하지만 그런 공격보다도 성가신 것이 바로 뱀의 눈이 빛난 순간이었다.

뭔가 있다고 느끼고 전원이 그 빛을 피했지만 뱀의 눈에서 나온 빛이 닿은 부분이 석화되는 것을 보면, 저 빛을 맞으면 움직일 수 없게 되고 죽어 버릴 것이다.

나는 【완전 내성】 스킬이 있어서 괜찮아도 다른 동료들은 그렇지 않을 테니까.

몇 번 공방이 펼쳐졌으나 서로 대미지를 주지 못하고 있을 때 사리아와 동료들이 갑자기 뭔가를 알아차렸다.

『그래!』

"엥?"

상쾌한 표정으로 전원이 그렇게 말해서 뭘 하려는 건가 봤더니 어째선지 다들 오두사와 거리를 벌렸다.

오두사도 경계하며 각 머리가 한 명씩 포착했지만—.

"【순완·확산】!"

"【참렬파(斬裂波)】……!"

"【폴 디재스터】."

"……【분신술·살(殺)】."

"바아아아아아아아아아아아압!"

이상한 구호를 외치는 사람이 한 명 있었으나 모두가 행한 것은 초광역 무차별 공격이었다.

먼저 사리아는 양팔로 【순완】을 써서 넓은 범위에 충격파를 퍼뜨렸다.

알은 크게 도끼를 치켜들고 지면을 부서져라 밟은 뒤 휘둘러서 거대한 참격을 날렸다.

루이에스는 나도 썼었던 【폴 디재스터】를 세검에 휘감더니 극도로 두꺼운 격류의 검을 수평으로 들고 단숨에 달려 나갔다.

오리가는 다섯 명으로 변해서 쿠나이[1]처럼 생긴 무기를 오두사의 각 머리에 동시에 꽂았다.

루루네는…… 잘 모르겠지만 뭔가 엄청난 발차기를 날렸다.

즉, 무슨 말을 하고 싶은 거냐면…….

『혼자서 동시에 공격하면 돼!』

설마했던 이심전심.

다섯 명은 매우 강력한 광범위 기술로 오두사의 모든 머리를 완벽히 동시에 공격했다.

그런 공격을 받은 오두사는 멍한 표정을 지었고…… 완전히 소실되었다.

『마, 말도 안 돼─ 으아아아아아아아아아악?!』

#1 쿠나이 단검 손잡이 끝에 고리가 달린 형태의 도구.

심지어 그 여파는 벽의 거대한 눈까지 날려 버렸다.

공격의 영향으로 온 방에 모래 먼지가 날렸다.

시야가 트이자 눈앞에는 깨끗해진 방과 앞으로 가는 통로만이 보였다.

"……세이이치. 네 동료도 어지간하네."

"……나도 그렇게 생각해."

나는 루티아의 말에 순순히 고개를 끄덕였다.

뱀신

문 너머로 나아가니 아래로 내려가는 계단이 있었다.

"계단? 던전이라고 전부 단층으로 끝나는 건 아니구나……."

【끝없는 비애의 숲】도 흑룡신 던전도 단층이었기에 당연히 던전은 전부 그런 줄 알았다.

"그렇죠. 평지의 던전은 대체로 단층이지만 그만큼 미로처럼 얽혀 있습니다. 반대로 던전이 복층일 경우, 길 자체는 단순하지만 아래로 내려갈수록 마물이 강해지는 경향이 있습니다."

"그렇구나……."

루이에스의 설명을 듣고 납득한 나는 아무튼 내려가 보기로 했다.

계단을 내려가자 신기한 광경이 펼쳐졌다.

"엇?!"

놀랍게도 던전 안인데 하늘이 있고 태양이 떠 있었다.

심지어 초원이 주변 일대에 펼쳐져 있고 군데군데 나무도 자라 있어서 도저히 동굴 내 던전이라고는 생각할 수 없었다.

"우와~! 조금 전까지 동굴이었는데 밖에 있는 것 같아!"

"······응. 소풍하기 좋은 날씨?"

"샌드위치인가?!"

순수하게 놀라는 나와 달리 사리아와 오리가, 루루네의 분위기는 훈훈했다. 어라? 내가 이상한 거야?

루티아도 나와 똑같이 생각했는지 눈을 크게 뜨고서 주위를 둘러보며 물었다.

"나는 던전 자체가 처음인데 이게 보통이야?"

"으음······ 적어도 나는 경험한 적 없어. 루이에스 씨는 어떤가요?"

"······동굴형 던전이라면 내부도 보통 그에 걸맞게 돌벽이고 개중에는 지하 호수 같은 것도 있지만, 이렇게 풍경이 바깥과 완전히 똑같은 던전을 본 건 처음입니다."

아무래도 알과 루이에스에게도 이 던전은 이질적인 듯했다.

······슬픈 기운이 느껴진다고 루티아가 말한 것도 그렇고, 이 던전은 대체 뭘까?

이상한 던전 모습에 경계하며 우리는 앞으로 나아갔다.

그리고 이 층에서 첫 마물과 조우했다.

"푸르르르르······."

"저건······."

나타난 것은 거대한 소였다.

검은색 모피와 날카롭고 커다란 뿔을 보면 젖소가 아니라 투우였다.

소는 우리의 존재를 알아차리고 조금 경계하며 지면에 발길질했다.

"으음⋯⋯『임팩트 불』이고 레벨은 630인가⋯⋯. 오두사만큼은 아니지만 충분히 강하네."

『상급 감정』스킬로 이름과 레벨을 확인하고 있으니 곰돌이 때처럼 또『전 언어 이해』가 발동했다.

『나는 바람⋯⋯ 이 대지를 달리는 검은 번개⋯⋯! 내 앞을 가로막는 장애물 따위 쓰러뜨려 주겠다!』

바람인지 번개인지 확실히 해.

근데 이곳 마물들은 묘하게 개성이 강하네! 이 던전이 특별한 건지 아니면 다른 마물들도 그런 건지⋯⋯.

그런 생각을 하고 있으니 루루네가 투우와 대치하듯 한 걸음 앞으로 나갔다.

"주인님. 이 녀석은 제게 맡겨 주세요. 저는 주인님의 기사이자 종입니다. 조금이라도 주인님께 도움이 된다면⋯⋯!"

"⋯⋯사실은 저 소가 맛있어 보여서 그렇지?"

"그렇고말고! 앗. 오리가?!"

"부정은 안 하는 거냐"

줄곧 다른 사람들이 싸우는 걸 보다 보니 루루네도 싸우고 싶어진 줄 알았다.

루루네가 투우와 마주 서자 투우도 루루네를 적이라고 인식한 것 같았다.

『흥…… 내 앞에 서다니 배짱 한번 두둑하구나! 과연 내 속도를 따라올 수 있을―.』

"흥!"

『으아아아아아아아아악?!』

순삭이었다.

루루네는 투우와 순식간에 거리를 좁히더니 그 몸통에 돌려차기를 때려 박았다.

투우는 몇 번 지면에 튕기며 날아가 그대로 쓰러졌다.

『나, 나는…… 섬광이…… 아니었다…….』

그런 말을 남기고 투우는 빛의 입자가 되어 사라졌다. 이번에는 섬광으로 바뀌었어. 마지막까지 확실하지 않은 거냐.

정신 차리고 보니 투우가 있던 곳에 잎사귀에 싸인 고깃 덩어리가 떨어져 있었다.

"흥. 소 따위가 내 앞에…… 고기이이이이이!"

"아니, 멋있는 대사를 할 거면 끝까지 해!"

의기양양한 표정을 짓고 있던 루루네는 드롭된 고기를 발견하고서 즉시 주우러 갔다. 그보다 「소 따위」라고 했지만 넌 당나귀야.

"그건 그렇고…… 이 던전에 와서 처음으로 드롭아이템이 떨어졌는데 원래 이런 거야?"

나는 『완전해체』 스킬이 있어서 반드시 드롭아이템을 손에 넣을 수 있지만 다른 사람들의 확률은 어느 정도인지 솔직히 몰랐다.

"그렇죠…… 사람에 따라 다르지만 【몬스터 하우스】의 마물을 제외하면 도중 전투 횟수를 볼 때 보통 아닐까요?"

"응? 【몬스터 하우스】의 마물은 뭔가 달라?"

"예. 아무래도 함정이라서 【몬스터 하우스】의 마물로부터는 경험치밖에 못 얻는다고 합니다."

"참고로 드롭아이템은 스테이터스의 운과 크게 상관이 있다는 모양이야."

루이에스와 알의 설명으로 나는 대충 드롭아이템에 관해 알았다.

뭐, 나는 【몬스터 하우스】의 마물에게서도 아이템이나 스킬을 얻을 수 있겠지만.

우리가 그런 대화를 하는 동안 루루네는 고기를 주워 들고서 침을 흘리며 뺨을 문질렀다.

"꼴깍…… 하아…… 좋다…… 진짜 좋아…… 이걸 구워서 양념장에 찍어 뜨끈한 밥과 함께 먹으면 얼마나 맛있을까……."

바보야, 하지 마. 배고파지잖아.

루루네의 모습을 보며 어이없어하고 있는데 갑자기 내 『세계안』 스킬이 반응했다.

그것은 루루네 바로 옆에 있었지만 모습이 보이지 않았다.

고개를 갸우뚱하고 있으니 나처럼 기척을 알아차린 오리가가 외쳤다.

"……! 먹보, 위험해!"

"응?"

그 순간, 지면에서 뱀 한 마리가 나타났다.

코브라처럼 생긴 그 뱀은 우리를 통째로 삼킬 수 있을 만큼 거대했다.

그런 존재를 조금 전까지 눈치채지 못한 것에 놀라면서도 감정한 나는 그 이름을 보고 납득했다.

『언데드 하이드 스네이크 Lv: 622』

언데드.

즉, 이미 죽어 있는 것이다.

그래서 내가 습득한 생명력을 탐지하는 기술로도 알아차리지 못했고, 「하이드」라는 단어가 이름에 들어갈 만큼 잘 숨기에 『세계안』으로도 늦게 발견한 거겠지.

아무튼 그런 왕뱀이 루루네 바로 옆에 나타나 그대로 루루네를 꿀꺽 삼키려고 했다.

"아니?! 나, 나는 먹는 걸 좋아하지만 먹히고 싶지는 않아!"

"이 상황에서 굉장히 여유롭구나?!"

어쨌든 도와주기 위해 내가 움직이려고 했는데 놀랍게도 루티아가 손바닥에서 검은색 화염을 뿜어 왕뱀을 공격했다.

"루티아?"

"다른 사람들을 보다 보니 나도 싸우고 싶어졌어. 그저 보호만 받는 게 아니라 나 자신이 강해지면 안전하고 말이야."

"그러네⋯⋯."

확실히 루티아의 말대로 나도 포함해 루티아를 지킬 생각이지만 세상에 절대적인 것은 존재하지 않았다.

그렇다면 조금이라도 위험을 줄이기 위해 루티아 자신이 강해지는 것은 좋은 일이리라.

다른 방향에서 공격받은 왕뱀은 곧장 루티아로 타깃을 바꿨으나 접근하기 전에 루티아가 재차 마법을 외웠다.

"『마왕의 손』."

그것은 칠흑색 화염으로 만들어진 거대한 손이었다.

검은 화염손이 루티아의 뒤에 나타나더니 그대로 왕뱀을 향해 내리쳐졌다.

그렇게 검은 화염손에 찢어발겨진 왕뱀은 그대로 불타버렸다.

"⋯⋯응. 오랜만에 썼지만 잘 써졌어."

"와~! 방금 그거 멋있다! 그것도 마법이야?"

사리아가 눈을 반짝이며 루티아에게 묻자 루티아는 숨기지 않고 대답했다.

"맞아. 【마왕】이 물려받는 특별한 마법이야."

"엇."

루티아의 그 말에 나는 불길한 예감을 느꼈다.

그리고—.

『【마왕 마법】을 습득했습니다.』

저질러 버렸어······!

나는 마왕은커녕 마족조차 아니라고! 내 몸아, 알고 있는 거야?!

용사들의 【성속성 마법】을 쓸 수 있는 것부터 이상하지만 거기에 【마왕 마법】까지 배우면 난 어떻게 해야 하는 거야!

용사면서 마왕이라니 의미를 모르겠어!

예상치 못한 일에 무심코 머리를 싸매자 그런 내 모습을 알아차린 루티아가 이상하다는 얼굴로 물었다.

"······? 세이이치, 왜 그래?"

"······저기······ 나도 【마왕 마법】을 쓸 수 있게 됐다고 할까······ 그게······."

『어?』

나도 모르게 솔직히 대답하자 다들 말을 잇지 못했다.

제일 먼저 정신을 차린 루티아가 진지한 표정을 지었다.

"세이이치는 마족이야?"

"인간입니다아아아! 어딜 어떻게 봐도 인간이에요오오오!"

나 자신도 최근 의심이 들기 시작했지만 인간이라고 생각하고 싶어······!

그러자 알이 얼굴을 어색하게 굳히고 물어봤다.

"설마 그럴 리는 없겠지만······ 세이이치는 원래 다른 세계 인간에 용사는 아니라고 했는데······ 【성속성 마법】도 쓸 수 있다고 하지는 않을 거지······?"

"······쓸 수 있습니다."

"너 정말로 인간 맞아?!"

"그러지 마!"

그거, 내가 제일 심각하게 하고 있는 생각이니까!

다들 그거 알아?! 『인간』이란 종족의 설명에 신도 마왕도 될 수 있다고 적혀 있다고! 뭐 이런 위험한 종족이 다 있어! 『인간』이라고!

내가 이렇게 한탄하고 있는데도 루루네와 루이에스는 눈을 반짝였다.

"과연 주인님이세요! 역시 주인님은 이 세계를 멸망시키기 걸맞아요!"

"멸망시키는 게 전제야?! 난 그런 짓 안 해!"

"스승님 같은 분에게 가르침 받을 수 있어서 저는 행복합니다······. 스승님, 제 인생을 당신께 맡기겠습니다."

"루이에스는 부담스러워! 게다가 맡겨야 할 상대는 윔블그 왕국 아니야?!"

소중한 사람을 지킬 힘은 당연히 필요하다.

하지만 세계를 멸망시킨다는 말을 듣는 힘은 너무 과해! 그거, 소중한 사람도 함께 사라지잖아!

그러고 있는 우리를 보고서 사리아는 상냥하게 웃었다.

"세이이치는 대단해! 그렇지? 오리가."

"······응. 세이이치 오빠가 대단하긴 하지만, 그 이상으로 전혀 변함없는 사리아 언니도 대단해."

"그런가? 에헤헤헤, 고마워!"

"······어쩌면 세이이치 오빠보다 대단할지도······."

한동안 정신적으로 뻗어 있던 나는 이윽고 다시 일어나 재차 탐색을 시작했다.

루루네도 아까는 허를 찔렸으나 도중에 공격해 온 다른 『언데드 하이드 스네이크』는 수월하게 발차기로 해치웠다.

그 밖에도 『임팩트 불』, 『나이트 스네이크』, 『제너럴 스네이크』 등등, 마치 인간이 입는 갑옷을 걸친 듯한 왕뱀도 나왔는데······.

"이 던전, 유난히 뱀 계통 마물이 많지 않아?"

"그러네요······. 그저 이 층만 그렇게 만들어졌을지도 모르지만, 『임팩트 불』 등을 보면 꼭 그렇지도 않은 것 같습니다."

결국 내 착각일지도 모르고, 이 던전 자체가 『뱀』과 얽힌 무언가일지도 모른다.

최하층까지 가야 그 진위를 알 수 있겠지.

전혀 동굴 내부 같지 않은 초원을 나아가자 이윽고 거대한 호수에 도착했다.

"오, 호수인가······."

"이곳 풍경이 돌벽 동굴이었다면 지하 호수라고 생각했겠지만······."

알의 말대로 주변이 초원이라 도저히 지하 호수로는 보이지 않았다. 굳이 따지자면 가도 옆 호수라는 인상이 강했다.

가까이 다가가 호수 바닥을 들여다보던 사리아가 무언가를 알아차렸다.

"아, 세이이치! 잠깐 이리 와 줘~!"

"응? 왜?"

"저거, 아래층으로 가는 문 아닐까?"

호수는 매우 맑았기에 바닥까지 훤히 보였다.

그래서 사리아가 가리킨 곳에 아마 계단으로 이어지는 문 같은 것이 있음을 알 수 있었다.

문은 바닥과 동화되어 굳게 닫혀 있었다.

"정말이네……. 근데 호수 안이라니…… 이거 어떻게 해야 하지? 저 문을 열어야 아래로 내려갈 수 있는데, 잠수해서 가기에도 한계가 있고……."

"어이, 세이이치. 저것 좀 봐."

"응?"

호수 바닥의 문을 보며 고민하고 있을 때 이번에는 알이 다른 방향을 가리켰다.

그 방향으로 눈을 돌리자 어딘가 신성한 분위기가 느껴지는 백사가 이쪽을 지그시 보고 있었다.

"저, 저건?"

"글쎄? 현재로서 적의 같은 건 느껴지지 않지만, 이 층의 보스 아닐까?"

알의 말대로 아름다운 순백색 비늘과 파란 눈을 가진 뱀은 우리를 바라보고 있었지만 적의나 해의는 느껴지지 않았다.

눈에 보이는 거리에 있고 게다가 상당히 큰 백사를 나는 『세계안』으로 인식하지 못했었다.

수수께끼의 백사와 문, 두 가지 문제로 골머리를 썩이고 있으니 백사가 불쑥 말을 걸어왔다.

『자네들은 이 앞에 있는 가여운 아이를 구할 수 있는가?』

"어?"

그 목소리는 나를 포함해 모두에게 들렸는지 사리아와 동료들도 깜짝 놀랐다.

하지만 나는 갑자기 말을 걸어온 것도 그렇지만 무엇보다 그 말의 내용이 신경 쓰였다.

"가여운 아이를 구할 수 있냐니…… 무슨 뜻이지?"

『말 그대로의 의미다. 탄생을 축복받지 못하고 이 땅에 천 년 넘게 봉인된 가여운 아이를 구할 수 있는가?』

"처, 천 년?!"

자세한 사정은 모르지만 눈앞의 백사가 구할 수 있겠냐고 묻는 존재는 천 년 넘게 던전에 봉인되어 있는 듯했다.

……그저 타국의 침입 경로로 쓰이지 않도록 확인하려고 온 것이었는데 예상보다 더 터무니없는 던전에 와 버린 모양이었다.

하지만 학원 학생들에게 위험이 닥치지 않도록 한다는 점에서는 우리가 온 것이 정답이었다.

바나 씨와 루이에스가 인류의 도달점인 레벨 500을 넘었다고 초월자라 불리는 마당에 이 던전의 마물은 전부 그보다 레벨이 높았기 때문이다.

이렇게 엄청난 던전이라면 더더욱 확실히 조사해야겠지.

그래도 이 백사가 말하는 아이를 구할 수 있을지 어떨지는⋯⋯.

"⋯⋯솔직히 말하자면 당신이 말하는 아이를 구할 수 있을지 모르겠습니다. 아무런 정보도 없으니까요. 하지만 우리에게는 앞으로 나아가야만 하는 이유가 있습니다."

내 말을 주의 깊게 들은 백사는 자상하게 웃었다.

『흠⋯⋯ 근거도 없이 구할 수 있다고 했다면 여기서 없앴겠지만 솔직히 대답하니 호감이 가는군.』

대충 말했으면 제거됐던 거야?! 위험하잖아?!

나도 모르게 눈앞의 백사에게 『상급 감정』을 썼다.

『뱀신 Lv: 5500』

레벨 높아! 게다가 신?!

흑룡신조차 레벨 5000이었는데 눈앞의 백사— 뱀신은 그보다도 레벨이 높았다.

뱀신은 감정당했음을 눈치챘을 테지만 그에 관해서는 아무런 말도 하지 않았다.

『자네들이 【그 아이】를 구할 수 있을지와는 별개로, 맡길 만한 가치는 있는 것 같군. 단, 이 앞의 마물은 이 층의 마물보다도 강력해. 그래도 가겠는가?』

"……뭐, 가야만 하니까요."

내가 쓴웃음을 지으며 그렇게 말하자 뱀신의 웃음이 더욱 짙어졌다.

『좋다. 단, 이 호수 바닥의 문을 열려면 조건이 있다.』

"조건?"

『이 호수의 물을 전부 없애라.』

"네?! 이 호수의 물을?!"

예상외의 조건에 깜짝 놀라고 있으니 뱀신이 말을 이었다.

『그래, 전부. 물론 수단은 묻지 않는다. ……자, 어찌할 것이냐?』

어쩔 거냐고 물어봐도 말이지…….

나는 동료들과 얼굴을 마주 보았다.

제일 현실적인 방법은 마법을 쓰는 것이리라.

하지만 물을 전부 없애는 마법은 기존 마법에 없었다.

으음…… 암속성 마법인 『매직 홀』은 마법이라면 전부 흡수할 수 있으니 그것과 비슷한 마법을 만들면…….

그런 식으로 물을 어떻게든 소멸시키려고 고민하고 있을 때 루루네가 손을 들었다.

"저기……."

"응? 왜?"

"주인님, 저 물을 없애면 되는 거죠?"

"어? 으, 응. 그렇긴 한데……."

"제가 해도 될까요?"

"뭐?!"

예상치 못한 제안에 나를 포함해 모두가 깜짝 놀랐다.

"루, 루루네. 너, 마법 쓸 줄 알았던가?"

"아뇨, 못 써요."

"그럼 어떻게……."

"마실 거예요."

"마신다고오오오오오오오?!"

예상외를 넘어 기상천외한 대답에 우리는 눈을 크게 떴다.

"……먹보, 아무리 먹보라지만 너무 바보 같은 말이야……."

"뭐, 뭐라고?!"

"나도 그렇게 생각해."

"주인님마저?!"

바보 같다고 할 수밖에 없잖아. 평범하게 생각해서 호수를 마셔 버린다니 얼마나 괴물인 거야. 나도 그건 못 해.

그런 내 말을 듣고 루루네는 조금 위축되었다.

"그, 그렇게까지 말할 필요는 없잖아요……. 저는 그저 꽤 걸었고 전투도 한지라 살짝 목이 말라서……."

"넌 살짝 목마르다고 호수를 통째로 마셔 버리는 거냐!"

루루네는 나보다 더 괴물 아니야?!

"하, 하지만 정말 할 수 있어요! 지켜봐 주세요!"

"어? 아, 어이!"

말리려고 했지만 루루네는 호수 앞에 섰다.

『흠? 자네가 물을 없앨 건가?』

"그래. 주인님의 기사인 내가 말이야."

『상당한 자신감이다만…… 어떻게?』

"마실 거다."

『뭐?』

"마셔 버릴 거야."

『…….』

뱀신은 말을 잇지 못했다. 그야 그렇겠지!

제정신을 차린 뱀신은 조소했다.

『후후후…… 하하하하하하하! 무슨 말을 하려나 했더니 마셔 버리겠다고? 그런 말도 안 되는—.』

"끝났어."

『—허?』

"으에에에에에에에에에에에엑?!"

정신 차리고 보니 눈앞의 호수에 물이 없었다. 아니, 영문을 모르겠어.

루루네는 별일 없었다는 듯 입가를 닦았다.

"맛은 지극히 평범하네. 신이 사는 물이라면 더 맛있는 것으로 준비해 둬."

냉랭하게 그리 말하고서 루루네는 내 곁으로 돌아왔다.

"끝났어요, 주인님."

"어?! 아, 으, 응…… 그…… 의심해서 정말 미안……."

나는 진심으로 사과했다.

그러자 루루네는 살짝 얼굴을 붉히더니 시선만 올리고서 내게 말했다.

"그, 그럼…… 그…… 다음에 또 저와 함께 맛집 탐방하지 않으실래요……?"

"어?"

"아, 아뇨! 싫으시면 됐고요! 싫으시면……."

그렇게 말한 루루네의 표정이 슬프게 바뀌어서 당황스러웠다.

"가자! 응, 반드시 맛집 탐방을 가자!"

"아…… 네!"

내 말을 듣고 루루네의 얼굴이 환해졌다.

그런 우리를 보던 오리가 곧장 정신을 차리고 미안해하며 말했다.

"……먹보, 미안해."

"음? 흥, 알면 됐어."

"……먹보는 내 예상보다 더 먹보였어……."

"너 사과할 마음은 있는 거야?!"

바로 소란스러워진 우리 앞에서 뱀신도 말을 이었다.

『아니, 아니, 아니! 이상하잖아?! 그 처자는 뭐지?! 정말로 인간인가?!』

"아니, 당나귀다."

『더더욱 의미를 모르겠어어어어어어어!』

처음에 풍겼던 신성함은 어디 갔는지 뱀신은 매우 당혹스러워했다.

『어떻게 이런 비상식적인 존재가 있을 수 있지! 상반된 마법으로 유명한 【마왕 마법】과 【성속성 마법】을 둘 다 쓸 수 있는 것만큼이나 비상식적인─.』

"아, 저 둘 다 쓸 수 있어요."

『너희는 대체 뭐 하는 녀석들이야아아아아!』

뱀신은 절규했다.

그리고 실컷 태클을 걸고서 흐트러진 숨을 고르기 시작했다.

『하아…… 하아…… 신이 되고 긴 세월이 지났지만…… 이토록 당혹스러운 일을 겪게 될 줄이야…….』

"인생은 무슨 일이 있을지 알 수 없죠!"

『자네들 탓 아닌가!』

혼났다. 어째서.

『하아…… 좋다. 아무리 비상식적이어도 호수의 물을 없앤 것은 사실이지. 계단으로 가는 문을 열겠다.』

그렇게 말하자 뱀신의 파란 눈이 빛났다.

그 순간, 호수 바닥의 문이 소리를 내며 열렸다.

『자, 앞으로 가라. 이 앞에는 더 강력한 마물들이 배회하고 있지만…… 자네들이라면 걱정할 필요가 없을 것 같군…….』

"이야~ 면목 없습니다."

『……하아. 자네들이 비상식적인 것은 행운이라고도 할 수 있겠지. 그만큼 【그 아이】를 구할 가능성을 기대할 수 있으니.』

"저…… 【그 아이】가 누구인지는 안 가르쳐 주실 건가요? 이 던전이 어떤 곳이라든가……."

묘하게 궁금증을 자아내면서도 정확히 알려 주지는 않는 말투에 무심코 그렇게 묻자 뱀신은 고개를 저었다.

『나도 이 땅에 매인 마물에 불과해. 그래서 많은 비밀은 말해 줄 수 없어. 용서해라.』

"그런가요……."

신이라고 해도 불편하구나. 흑룡신도 이것저것 제약 같은 게 있는 것 같았고.

나나 다른 용사들을 이 세계에 보낸 신이라면 얘기는 달랐겠지만.

아무튼 이 층에는 더 이상 볼일이 없기에 즉각 아래층에 가려고 하자 뱀신이 마지막으로 이렇게 말했다.

『조심해라. 위협은 아직 죽지 않았다.』

"예? 그게 무슨……."

그렇게 물어보려던 순간, 뱀신은 마치 안개처럼 그 자리에서 사라져 버렸다.

"……? 왜 그래? 세이이치."

"……아니, 아무것도 아니야."

아연하게 그 광경을 바라보고 있으니 사리아가 불러서 우리는 다시 아래층으로 향했다.

평화로운 수업 풍경

세이이치 일행이 던전에 도전하고 있을 때, F반에서는 베아트리스가 평범한 수업을 하고 있었다.

"—그래서 이 【어비스 머시룸】과 【헤븐 머시룸】은 취급이 금지되어 있어요. 이것들 외에도 위험 약물이 되는 소재는 많지만, 이 두 개가 특히 위험한 것으로 유명해요."

베아트리스가 알기 쉽게 설명하며 칠판에 적는 것을 학생들이 노트에 받아 적었다.

하지만 한 사람…… 아그노스만은 수업이 시작된 뒤로 줄곧 머리에서 연기를 분출시키고 있었다.

"아, 안 되겠어…… 둘 다 똑같은 버섯으로 보여……. 뭐든 먹어 버리면 똑같은 거 아니야?!"

"……어이. 너까지 루루네 같은 말을 하기 시작하면 어쩌자는 거야. 지금까지 설명은 제대로 들었어?"

"전부 듣고서 말하는 거야!"

"더 문제군."

어이없어하며 한숨을 쉰 브루드는 아그노스와 달리 필요한 정보만을 노트에 적고 있었다.

바보 취급을 받고 참을 수 없게 됐는지 아그노스가 마침내 소리를 빽 질렀다.

"으아아아아아! 머리가 터질 것 같아아아아아! 빠, 빨리! 빨리 돌아와 주세요, 형님!"

"진짜 바보인가. 출발한 지 얼마나 됐다고. 그렇게 금방 끝날 리가—."

"흠…… 하지만 세이이치 선생님이잖아?"

"……금방 끝날지도 모르겠군."

베어드가 아무렇지도 않게 중얼거린 한마디에 브루드는 바로 말을 정정했다.

"그렇지?! 형님이라면 금방 돌아올 거야!"

"하지만 돌아올 때까지는 수업을 받아야 해."

"그랬더랬지!"

결국 수업을 회피할 수 없음을 알고 아그노스는 그 자리에서 머리를 싸맸다.

그런 광경을 보고 플로라는 웃었다.

"아하하하하! 예전의 우리였다면 믿을 수 없는 광경이야!"

"뭐? 무슨 뜻이야?"

"지금까지 우리는 뭘 해도 마법을 쓸 수 없었잖아? 그래서 실기 수업은 없는 것이나 마찬가지였고…… 오히려 현실을 마주하게 되니까 나는 실기 수업이 싫었어."

"하긴…… 마법을 못 쓰는 게 짜증나긴 했지."

"지금 아그노스처럼 실기를 기대하게 될 줄은 생각도 못 했잖아. 나는 지금 학원 생활이 정말 즐거워. 이것도 전부 세이이치 선생님 덕분이라고 생각하면 역시 그 사람은 대단 하단 말이지."

"……그렇긴 하지. 마법을 못 쓰는 낙오자 취급을 받던 우 리가 지금은 평범하게 마법을 쓸 수 있고…… 오히려 다른 반보다 마법을 더 잘 쓰는 건 세이이치 선생님 덕분이겠지."

"저, 저도 세이이치 선생님께 감사드려요! 세이이치 선생님 은 제가 아무리 비굴하고 귀찮게 굴어도 계속 신경 써 주셨 고…… 아, 가, 갑자기 대화에 끼어들어서 죄송합니다……!"

"어이어이…… 자신감이 생긴 줄 알았더니 결국 별로 안 달라졌잖아."

"그, 그런가? 아, 미, 미안! 아그노스 군을 의심하는 건 아 니야!"

"역시 안 달라졌어!"

대정령이라는 강력한 힘을 얻은 레온도 성격은 크게 달라 지지 않았지만 예전보다 긍정적으로 변했다. ……몹시 알기 어렵지만.

"뭐…… 아무튼 무슨 말이 하고 싶은 거냐면, 나는 지금 이 무척 즐겁다는 거야!"

플로라가 웃으며 그렇게 매듭지은 순간, 대화하던 학생들 의 책상에 분필이 꽂혔다.

『…….』

"사담은 끝났나요?"

『죄, 죄송합니다!』

일제히 자세를 바로잡는 학생들을 보고 베아트리스는 한숨을 쉬고서 쓸쓸하게 웃었다.

"……저도 여러분이 즐겁게 지내는 것 같아서 매우 안심하고 있어요. ……저는 여러분을 도와주지 못했으니까요."

"그렇지 않아요!"

베아트리스의 말을 아그노스가 즉각 부정했다.

"베아트리스 누님이 계셨기에 저희는 지금까지 탈선하지 않을 수 있었다고요!"

"맞아……. 우리는 마법을 쓰지 못했어. 그런 우리를 줄곧 돌봐 준 건 베아트리스 선생뿐이야. 정말로 감사하고 있어."

똑바로 부딪쳐 오는 말에 베아트리스는 당황했다.

"그런……. 저는 감사받을 자격이 없어요. 저는 아무것도 못 했으니까요……."

"그렇지 않아. 이렇게 개성이 강한 우리를 따뜻하게 지켜봐 준 선생님에게는 그저 감사할 뿐이야."

"맞아! 그저 우리를 돌본다는 이유로 다른 선생님들한테 눈총을 받으면서도 베아트리스 선생님은 우리를 버리지 않고 수업해 줬잖아!"

"저, 저도 감사하고 있어요……!"

베어드와 플로라에 이어 레온도 그렇게 말했다.

그 광경을 보던 헬렌은 어이없어하며 말했다.

"베아트리스 선생님…… 우리는 정말로 감사하고 있어. 선생님에게는 마법보다 더 소중한 걸 받았어. ……학생이 이렇게까지 말하는데 못 믿겠어?"

"그, 그렇지는……!"

"베아트리스 선생님. 완벽한 제게 수업할 자격이 있는 건 베아트리스 선생님과 세이이치 선생님뿐이에요. 선생님의 수업은 무척 알기 쉽고 무엇보다 아름다워요. 다른 어중이 떠중이 선생들의 못난 수업과는 비교가 안 되죠."

"으음…… 이레네가 말하는 못난 수업이란 게 뭔지는 모르겠지만~ 저는 베아트리스 선생님이 좋아요~ 세이이치 선생님이 온 뒤로 터무니없는 일의 연속이었지만~ 베아트리스 선생님이 안 계셨다면 애초에 저희가 여기까지 올 수 있었을지 의심스러울 정도인걸요~."

이레네의 터무니없는 말에 쓴웃음을 지은 레이첼도 베아트리스에게 마음을 전했다. 학생 전원의 마음을 받은 베아트리스는 조금 울먹였다.

"……저는 틀리지 않았던 거군요."

"그럼요, 베아트리스 누님! 우리는 다들 진심으로 감사하고 있어요!"

"……고맙습니다."

눈물을 닦으며 웃은 베아트리스는 곧장 평소의 의연한 표정을 지었다.

"그렇다면 더더욱 여러분이 훌륭하게 성장하도록 수업해야겠네요."

『어?』

"저는 확실히 실기에서는 아무것도 못 해요. 하지만 이론 수업은 책임지고서 가르치겠어요. 안심하세요. 졸업할 즈음에는 세이이치 선생님의 실기와 아울러 다양한 지식을 갖추게 될 거예요!"

"베, 베아트리스 누님? 그, 그렇게까지 진심을 다하지 않아도—."

자신감 넘치는 모습으로 그렇게 말하는 베아트리스를 보고 아그노스는 어색하게 얼굴을 굳혔다.

하지만 베아트리스는 말을 취소하지 않고 오히려 웃었다.

"이제부터는 전보다 더 자세히, 넓은 분야를 가르쳐 드릴게요!"

"거, 거짓말이라고 해 줘어어어어어어어어어어!"

F반 교실에 아그노스의 비명이 울려 퍼졌다.

초강화와 여자의 싸움

뱀신의 말대로 아래층에서는 더 강력한 마물이 습격해 왔다.

레벨은 전부 700 이상.

나도 싸우겠다고 했지만 루이에스가 완곡하게 거절해서 나를 제외한 멤버가 마물과 싸웠다.

그랬다. 루티아도 지금은 사리아와 함께 싸우고 있었다.

"……이거, 나 필요해?"

무심코 소리 내어 말하고 말았지만 누군가 우릴 본다면 내가 왜 있는지 전혀 알 수 없을 것이다. 나도 이제 모르겠어.

다행이라고 해야 할지 던전 내부는 다시 동굴이 되어서, 통로가 좁아 많은 마물이 일제히 덤벼들 걱정은 적었다.

"—사리아, 그쪽으로 갔어!"

"응, 맡겨 줘."

거대한 사마귀 마물……『크레이지 맨티스 Lv: 711』를 현혹하듯 알이 움직였고, 빈틈이 생기자 사리아가 강력한 일격을 먹여 쓰러뜨렸다.

"하아앗!"

"……먹보, 조금은 연계도 생각해……."

"그건 먹을 수 있는 건가?!"

"······말을 말자."

루루네와 오리가는 『타이런트 홀스 Lv: 802』라는 얼굴 전체에 혈관이 불거진 기분 나쁜 말 마물과 싸우고 있었다. 응, 당나귀 VS 말이네.

루루네는 상대가 말이든 뭐든 간에 그 거대한 덩치에 발차기를 때려 박았고, 오리가가 그 움직임에 맞춰 정확하게 급소를 공격했다.

"루티아 씨."

"응······ 『마왕의 손』."

"『워터 레이저』."

루이에스와 루티아는 『이블 스네이크 Lv: 900』이라는 뱀 계통 마물을 상대하고 있었다.

아니, 상대하고 있다기보다는 일방적으로 섬멸 중이었다.

적어도 레벨이 400 가까이 차이 날 텐데, 루티아의 『마왕의 손』에 몸통이 불타 날뛰는 이블 스네이크의 목을 루이에스가 『워터 레이저』를 휘감은 검으로 잘라 버렸다.

······.

"역시 나 필요 없지 않아?"

여기 오는 동안 나는 한 번도 안 싸웠는데요?! 조사를 부탁받은 건 나인데 말이지!

내 존재 의의를 진지하게 생각하고 있을 때 마물을 다 쓰러뜨린 루이에스가 다가왔다.

"아뇨, 스승님. 스승님이 계시기에 저희는 수준 높은 마물에게도 안심하고 도전할 수 있는 겁니다."

"정말? 하지만 나도 슬슬 싸우는 편이 좋을 것 같은데……."

그러나 현재 상태로도 잘 대처하고 있으니, 단련하고 싶다는 모두의 뜻을 존중하는 편이 좋겠지.

어쩔 수 없이 한숨을 쉬자 루이에스가 문득 생각났다는 듯 고했다.

"아, 스승님. 그러고 보니 제 레벨이 730이 되었습니다."

"뭐?!"

"아, 나는 900이 됐어~!"

"거짓말이지?!"

놀랍게도 루이에스의 레벨은 500을 살짝 넘는 수준이 아니라 730이라는 엄청난 수치가 된 모양이었다.

심지어 사리아도 레벨 900이 됐다니…….

"사리아는 마물이니까 그나마 이해가 가지만 루이에스는 뭐야?! 인류 최고 레벨은 500이고 그걸 하나 넘는 것만으로도 대단한 거 아니었어?!"

"하지만 730이 됐습니다."

"질문에 대한 답이 안 되는 답변이야!"

레벨 500을 넘은 자들을 【초월자】라고 하는 것 같지만, 루이에스는 역시 너무 초월했잖아! 무슨 일이 일어난 거야?!

한결같이 태클을 거는 내게 알이 우물쭈물 입을 열었다.

"아…… 그게…… 세이이치."

"응?"

"……나는…… 레벨 687이야……."

"……진짜?"

"으, 응."

알마저 어느새 【초월자】 반열에 들어간 상태였다. 거짓말이죠?

"오, 오리가랑 루루네는?!"

"……으음, 세이이치 오빠…… 나는 710."

"주인님, 저는 잘 모르겠습니다!"

"나는 루루네 너를 제일 모르겠어!"

이쯤 되면 오리가도 【초월자】가 된 것이 놀랍지 않지만 루루네만큼은 그럴 수 없었다.

그도 그럴 것이 호수의 물을 몽땅 마셔 버리는 당나귀라고! 심지어 그래 놓고서도 배가 차지 않아!

슬슬 태클 거는 데 지친 나와 달리 루티아는 감동하여 들떠 있었다.

"세이이치. 나는 레벨 651. 이로써 나도 【초월자】가 됐어."

"그건…… 뭐…… 누가 목숨을 노려도 어느 정도 안심할 수 있으니까 좋겠지."

"응. 제로스와 다른 마족들의 부담도 줄어들 거야……. 그리고 아빠가 돌아왔을 때, 조금이라도 칭찬받고 싶어."

"그런가……."

그러고 보니 루티아는 『마왕의 딸』이지 『마왕』이 아니었다. 즉, 루티아의 아빠는 살아 있다는 거겠지. 어디 있는지 모르겠지만.

그에 관한 자세한 이야기는 제대로 듣지 못했고……. 이던전 조사가 끝난 뒤에 물어볼 수 있으면 물어볼까.

결국 레벨만 따지면 나를 제외한 모두가 【초월자】가 된 듯했다. ……루루네? 어차피 녀석도 【초월자】가 됐겠지. 아니라면 어떻게 당나귀가 이런 알 수 없는 존재감을 과시하겠어!

나는 로브의 효과로 레벨이 잘 오르지 않는단 말이지. 뭐 벗어도 상관없지만 계속 쓰고 있었고, 이 이상 내가 아는 『인간』에서 멀어져도 곤란하니까.

설마 【초월자】 집단이 될 줄은 생각도 못 했으나 자기 몸을 지킬 수 있을 만큼 강해지는 것은 좋은 일이라고 생각을 고치고서 앞으로 나아갔다.

그러다 오리가 갑자기 멈춰 섰다.

"……세이이치 오빠."

"응? 왜?"

"……이 벽, 아마 부술 수 있어."

"어?"

오리가가 가리킨 벽은 내가 보기에 다른 벽과 뭐가 다른

지 알 수 없었다. 그보다 나는 흑룡신 던전에서 못 부수는 벽조차 부쉈었는데……. 응, 잊어버리자.

흑룡신 던전에서 있었던 일을 봉인하자고 결의하고 있으니 오리가가 그 벽을 쿠나이로 공격했다.

"오오……."

그 결과, 오리가의 말대로 벽은 간단히 부서졌고 작은 방이 나타났다.

방 중앙에는 호화롭게 장식된 보물 상자가 놓여 있었다. ……이 보물 상자도 마물인 건 아니겠지?

지금은 부모님과 함께 있는 보물상자를 떠올리고 있으니 오리가가 경계하며 방에 들어갔다.

"……응. 이 방에도 보물 상자에도 함정은 없어."

"흐응? 오리가는 함정 감지계 스킬을 갖고 있는 거야?"

"……응. 카이젤 제국에 있을 때 암살 기능과 함께 배웠어."

"……그런가. 괜한 걸 물었네. 하지만 그 능력은 던전을 탐색하는 모험가에게 무척 고마운 능력이야. 그건 알아줘."

"……응. 괜찮아, 알트리아 언니. 이젠 신경 쓰지 않아. 그보다도 세이이치 오빠와 언니들에게 도움이 돼서 기뻐."

알이 미안한 표정을 짓자 오리가는 고개를 젓고 가슴을 쭉 폈다.

그 모습이 귀여워서 나는 무심코 머리를 쓰다듬은 뒤 작은 방에 들어갔다.

"그럼…… 이 보물 상자에는 특별히 함정도 없는 모양이니 열어 볼까."

망설임 없이 보물 상자를 열자 오리가가 쓰는 쿠나이와 형태가 조금 다른 쿠나이가 나왔다.

"……이거, 쿠나이야."

"그러네…… 뭔가 능력은 있어?"

『주사(呪蛇)의 쿠나이』……저주받은 뱀의 효력이 깃든 쿠나이. 전설급 무기. 자신의 마력을 쿠나이에 담아 마비, 독, 석화 상태 이상을 부여할 수 있다. 소유자의 뜻에 따라 수가 늘어나며, 던진 경우에는 소유자의 임의로 없앨 수도 있다.

"……이거, 꽤 흉악한 무기잖아……?"

"그러게요……. 전설급에 걸맞은 성능입니다. 그건 그렇고 전설급 아이템이 나온 걸 보면 이 던전의 난이도는 상당히 높은 모양입니다."

던전을 잘 아는 알과 루이에스가 그렇게 평가했다.

확실히 내가 생각하기에도 이 쿠나이는 매우 강력했다.

마력을 담으면 마비에 독에 석화까지 상태 이상을 세 개나 부여할 수 있는 점도 강력하지만 그보다도 소유자의 뜻에 따라 수가 늘어난다는 점이 엄청났다.

즉, 무기를 무한히 계속 늘릴 수 있는 것이다.

무한히 던질 수 있는 쿠나이인데 심지어 던진 쿠나이를 회수하지 않고 없앨 수 있다니…….

생각지 못한 무기에 놀라고 있을 때 오리가는 눈을 반짝이며 쿠나이를 보고 있었다.

"자, 받아, 오리가."

"……? 왜 나한테 줘?"

"왜냐니…… 오리가가 찾았으니 오리가가 써야지."

"하, 하지만……."

"게다가 오리가가 쓰는 무기도 쿠나이잖아!"

오리가가 어째선지 사양하려고 했지만 나뿐만 아니라 사리아도 그렇게 말했다.

어쩌면 좋을지 알 수 없게 됐는지 오리가가 다른 동료들의 얼굴을 보자 동료들도 미소 지으며 고개를 끄덕였다.

"……내가 받아도 돼?"

"아까도 말했지만 이 방을 발견한 건 오리가고, 모처럼 오리가가 쓰는 종류의 무기가 나왔으니까."

"……응. 알겠어. ……고마워."

오리가는 쿠나이를 받고 기쁘게 웃었다.

그 모습을 보고 루티아가 살짝 부러워하며 말했다.

"좋겠다……. 나는 기본적으로 마법을 써서 싸우니까 그런 강력한 무기 같은 건 좀처럼 손에 안 들어와……."

"그런가요? 저희 오빠도 마법사지만, 마법의 위력을 높이는 지팡이나 마력 제어가 쉬워지는 아이템 등을 몇 개 소지하고 있습니다. 이 던전에서 그런 물건을 입수할 수 있을지는 모르겠지만 마법사라도 강력한 아이템은 쓸 수 있을 겁니다."

"그래? 그렇다면…… 보물 상자를 찾아보는 것도 괜찮겠네."

루이에스에게 조언을 들은 루티아는 목표가 생긴 듯했다.

레벨업도 강해지는 방법으로서 중요하지만, 강력한 무기나 아이템을 갖는 것이 확실히 제일이긴 했다.

"그럼 나도 찾아볼까~ 손에 끼는 무기를 얻으면 좋겠는데……."

"그러네요……. 저도 발에 장착하는 무기를 갖고 싶어요……."

루티아를 보고 촉발되었는지 사리아와 루루네도 무기나 아이템을 갖고 싶어진 듯했다.

만약 각자의 무기를 손에 넣는다면 사리아도 강해지겠지만, 그 이상으로 루루네는 어떻게 될지 오히려 무서웠다. 저 녀석은 어디로 가고 있는 걸까. 원래 타고 다니려고 샀을 텐데.

루티아뿐만 아니라 사리아와 루루네도 무기나 아이템을 원하는 건가…….

내가 싸우기만 하면 드롭아이템이 떨어지겠지만…… 어떻게든 해서 세 사람에게 아이템이나 무기를 마련해 주고 싶다.

그건 그렇고, 오리가에게 준 무기에까지 『뱀』이 들어가 있는 건가.

이 던전이 『뱀』과 크게 상관있는 것은 확실하겠지.

그게 뭔지는 모르겠지만…….

작은 방에 더는 용건이 없었기에 우리는 다시 통로로 돌아가 앞으로 나아갔다.

도중에 또 마물이 습격해 왔지만 새 무기를 손에 넣은 오리가가 대활약했다.

"……오의『고옥(苦獄)』."

방금 막 입수한『주사의 쿠나이』를 무수히 출현시켜 회색 비늘과 빨간 눈을 가진『현사(賢蛇) Lv: 855』에게 일제히 던졌다.

처음에는 현사도 잇달아 날아오는 쿠나이를 입에서 물, 불, 번개를 내뿜어 막았지만 이윽고 줄어들기는커녕 계속 늘어나는 쿠나이에 대처할 수 없게 되어 결국 몸에 쿠나이가 박혔다.

"샤아아아아아아아아, 아아아, 아……."

크게 소리를 지른 현사는 입에서 보라색 거품을 토하고 꼬리 끝부터 점점 회색 돌로 변하다가— 최종적으로 완전히 석상이 되었다.

이미 죽었겠지만 빛의 입자가 되지 않았기에 알이 도끼로 때려 부쉈다.

"웃차."

맥없이 부서진 현사의 몸은 머지않아 빛의 입자가 되었다.

그리고 그 자리에 비늘 몇 장과 보물 상자가 떨어졌다.

"……아이템이 드롭됐어."

"정말이네. 심지어 소재만 있는 게 아니야……. 오리가의 무기에 이어 운이 좋은데?"

알이 감탄하며 비늘과 보물 상자를 주웠다.

참고로 비늘은 『상급 감정』으로 이렇게 표시되었다.

『현사의 비늘』……현사의 비늘. 높은 마법 내성이 있으며 매우 가벼워 방어구 재료로서 훌륭하다.

나는 로브가 있어서 방어구를 고려한 적이 없지만 이 설명을 보면 꽤 유용한 소재인 것 같았다.

그리고 가장 궁금한 보물 상자를 여니…….

"목걸이야……."

붉은 보석이 달린 고급스러운 목걸이가 나왔다. 마찬가지로 감정해 봤다.

『현사의 목걸이』……전설급 장식품. 마법 내성, 마법 위력을 크게 상승시킨다. 마력 조작이 쉬워지며 마법 사용 시 마력 소비량을 감소시킨다.

마침 찾던 아이템이잖아.

루티아가 원하던 아이템이 설마 바로 나올 줄은 몰랐다.

나뿐만 아니라 다른 동료들도 그 효과에 깜짝 놀랐다.

"……그냥 운이 좋은 수준이 아닌데. 왜 이렇게 간단히 원하는 물건이 손에 들어오는 거야……."

"……초 럭키?"

알이 어이없어하며 말하자 오리가는 신기하다는 듯 고개를 갸웃했다.

"아…… 루티아 씨. 그쪽이 원하던 물건이 나왔어요."

"어? 하지만…… 내가 가져도 돼? 두 사람이 쓰러뜨린 마물인데……."

"네. 저는 마법보다 근접전이 메인이고……."

"……나는 이미 받았으니까."

"그래……? 그럼……."

원래 루티아가 바라던 성능의 물건이라서 특별히 싸우는 일 없이 루티아 것이 되었다.

루티아는 검은색 드레스 차림이었기에 빨간 보석이 반짝이는 목걸이는 잘 어울렸다.

이리하여 오리가뿐만 아니라 루티아도 새 아이템을 손에 넣고 더욱 적극적으로 전투에 참가하게 되었다.

루티아가 목걸이를 착용한 상태로 『마왕의 손』을 쓰자 아까까지와는 비교도 안 되는 위력이 되었다. 이것에는 루티아도 포함해 전원이 놀랐다. 역시 장비는 중요하다니까.

하지만 역시 연속해서 드롭아이템이 떨어지지는 않았고, 얼마 지나지 않아 큰 방에 도달했다.

"여기는……."

"세이이치, 저쪽에 커다란 문이 있는 걸 보면 또 보스전이지 않을까?"

사리아의 말대로 방 안쪽에 두꺼운 문이 있었다.

"보스인가……. 아마 뱀 계통 마물이겠지."

『맞아.』

"엥?"

돌연 목소리가 울려서 우리는 깜짝 놀랐다.

그러자 방 중앙 부분에 알 수 없는 검은색 소용돌이가 출현하더니 안에서 마물 한 마리가 나타났다.

매우 거대한 뱀 **하반신**은 메탈릭 블루에 군데군데 검은색 비늘이 있는 얼룩무늬였다.

그러나—.

『너희의 예상대로, 나는 뱀 마물이야!』

—**상반신**은 근육질 고릴라였다.

"아니, 고릴라 마물을 잘못 말한 거겠지!"

그 모습을 보고 나도 모르게 태클을 걸었다.

확실히 하반신은 뱀이지만! 명백하게 상반신의 임팩트가 다 잡아 먹잖아!

그 고릴라는 사리아의 종족인 『카이저콩』과 달리 체모가 파란색이라서 시원해 보였다.

하지만 그 육체는 고릴라 상태인 사리아…… 고리아와 비교해도 손색이 없었다.

양팔에는 하반신 색깔과 비슷한 메탈릭 블루의 세련된 토시를 차고 있었다.

놀라는 우리를 무시하고 눈앞의 고릴라가 손가락을 튕기자 주위에 재차 검은 소용돌이가 나타나더니 안에서 대량의 뱀 계통 마물이 출현했다.

마물이 출현함과 동시에 우리 뒤에도 두꺼운 문이 나타났다.

『자, 이제 도주로는 없어졌어. 그리고 나는 이 방의 보스거든. 너희를 앞으로 보낼 수는 없어. ……애들아, 해치워라!』

『예이, 누님!』

눈앞의 고릴라가 명령하자 뱀들이 일제히 덤벼들었다.

동료들은 이미 임전 태세에 들어가 있어서 마물의 접근을 허락하지 않았다.

무기와 아이템으로 강화된 오리가와 루티아의 공격은 특히나 강력하고 광범위 섬멸에 최적이라 상당히 활약했다.

고릴라 마물이라는 것에 멍해져 있었지만 나는 정신을 차리고 『상급 감정』을 발동시켰다.

『자이언트 아나콘 Lv: 1800』

강해애애애애애애애애!

뭐야?! 이 세계의 고릴라는 다들 센 거야?! 사리아보다 레벨이 높잖아!

심지어 제아노스보다도 높아!

그리고 이름도 적절히 섞어서 뱀인지 고릴라인지 모르겠어!

감정 결과에 깜짝 놀라고 있으니 내 존재를 알아차린 고릴라 마물— 아나콩이 눈을 크게 떴다.

『응?! 너, 너는……』

"엥? 나, 나 말이야?"

왜 이렇게 놀라는지 알 수 없어서 고개를 갸웃하자 아나콩은 어째선지 뺨을 붉혔다.

『……괜찮은 수컷이잖아. 좋아, 마음에 들었어! 너, 내 남편이 돼라!』

"……뭐?"

""뭔 헛소리냐, 이 고릴라아아아아아아아아!""

놀라서 굳은 나를 내버려 둔 채 알과 루루네가 엄청난 형상으로 아나콩에게 달려들었다.

그러나 아나콩은 알의 도끼와 루루네의 발차기를 한 손으로 가뿐하게 막았다.

"아니?!"

"내 발차기가?!"

『—날 방해하지 마!』

그리고 공격을 막은 양팔을 휘두르자 두 사람은 크게 날아갔다.

하지만 두 사람 다 공중에서 낙법을 취했기에 크게 다치지는 않았다.

다른 동료들도 격렬한 전투를 펼치는 가운데, 나는 여전히 굳어 있었다.

—왜 나는 고릴라에게 구혼받는 거야?

『자, 이딴 녀석들 후딱 해치우고 식을 올리자!』

"잠깐 기다려어어어어어어!"

나는 마침내 태클을 걸었다.

"왜! 적이! 심지어 고릴라가! 구혼?!"

『이상한 소리를 하는구나. 강한 수컷을 갈구하는 건 당연하잖아?』

"나왔다, 초 야생 이론! 뭐야?! 내 몸에서는 고릴라를 유혹하는 페로몬이라도 나오는 거야?!"

『맞아.』

"거짓말이라고 해 줘어어어어어어어!"

무슨 그런 한정적인 페로몬이 다 있어! 누구 좋으라고?! 다른 페로몬으로 바꿔 줘!

내가 머리를 힘껏 싸매든 말든 아나콘은 점점 다가왔다.

이상하지 않아? 사리아뿐만이 아닌 거야?! 내 몸은 어떻게 돼먹은 거야!

동료들이 필사적으로 아나콘을 막으려고 했지만 다른 뱀 마물들이 방해했다.

나도 이제 싸워도 되는 거지?! 완전히 날 노리고 있잖아! 고릴라 아내는 사리아로 족해! 아니, 사리아가 좋아! 그 외에는 안 받아요!

더는 루이에스의 수행이니 뭐니 따질 상황이 아니었기에 나도 당장 싸우려고 한 그때였다.

"—세이이치는 넘기지 않는다."

『웃?!』

무시무시한 속도로 사리아가 아나콩에게 주먹을 날렸다.

아나콩이 그 주먹을 막자 그대로 반대쪽 손을 들어 때리려 들었다.

그것조차 막힌 사리아는 아나콩과 맞붙은 상태가 되었다.

"큭……."

『윽! 너, 넌 뭐야?!』

레벨이 크게 차이 날 텐데 사리아는 아나콩에게 밀리기는커녕 압도해 나갔다.

"……나는…… 세이이치의…… 아내……!"

『아, 아내라고오오오오오오?!』

아나콩은 지면에 거의 눌린 상태로 외치더니 곧장 표정을 다잡았다.

『큭…… 그렇다면…… 너한테서 뺏을 뿐이야……!』

"웃?!"

역시 괜히 레벨이 1000을 넘긴 것이 아닌지 아나콩은 불리한 자세에서도 막상막하 상태까지 되돌렸다.

그러나 사리아도 지지 않겠다는 듯 아나콩에게 박치기를

날렸다.

"넘기지 않는다!"

『아악?!』

참지 못하고 손을 놓은 아나콩은 몇 걸음 비틀비틀 물러났다가 머리를 흔들고서 사리아의 얼굴을 후려쳤다.

『까불지 마!』

"큭!"

"사리아!"

"오지 마!"

급히 도와주러 가려는 나를 사리아가 손으로 제지했다.

"이것은…… 여자의 싸움이니까……!"

"여자의 싸움?!"

"그렇다……. 내가 이겨야만 한다……!"

『크으……!』

그렇게 말한 사리아는 대갚음이라도 하는 것처럼 아나콩의 안면을 후려쳤다.

―그 후의 싸움은 무시무시했다.

양쪽 다 물러나지 않고 그 자리에서 격렬하게 치고받았다.

"왜 세이이치를 노리지! 다른 수컷으로 해라!"

『밖에서 온 네가 뭘 알아?! 던전에 매인 나에게 만남 따위 없다고! 서른을 넘긴 노처녀의 마음을 넌 모르겠지……!』

그 던전 사정은 뭐죠. 그보다 서른 살이야?

"확실히 나는 너의 마음을 모른다……. 하지만 세이치는 절대로 넘기지 않는다!"

『어린 계집애 주제에……! 저 수컷은 내 걸로 만들 거야!』

이제 뭐가 뭔지 도통 알 수 없어서 나는 그저 멍하니 두 사람의 싸움을 바라볼 수밖에 없었다.

아까까지 서로를 죽이려 들었을 터인 내 동료들과 뱀 마물까지 어느새 두 사람의 싸움을 보고 있었다.

"사리아! 절대로 지지 마!"

"힘내세요, 사리아 님!"

"지금입니다. 거기서 블로를 때려 박는 겁니다."

"……사리아 언니, 힘내."

"굉장해……. 마물끼리의 싸움은 이렇게 박력 넘치는구나……."

『지지 마십시오, 누니이이이이이이이이임!』

『저 아가씨, 강하잖아!』

『어이, 누굴 칭찬하는 거야! 확실히 상대도 강하지만…… 그 이상으로 누님은 필사적이라고! 이 나이에 여태껏 남자가 한 명도 없다니…… 우으…….』

『이미 결혼 적령기를 지났지……. 누님! 반드시 이겨서 남자를 얻는 겁니다!』

『……너희들, 나중에 두고 봐!』

『『『히이이이이익?! 죄, 죄송합니다아아아아아아!』』』

나는 지금 콩트를 보고 있는 건가?

어? 뭐야? 내가 이상한 거야? 이 상황을 이해 못 하는 내가 이상한 거야?

완전히 나 혼자만 붕 떠 있으니 그렇게 느껴도 별수 없었다.

그렇기에 다시 한 번 사리아의 싸움으로 시선을 보내 봤다.

"하아아아아아아아아아아아아!"

『우오오오오오오오오오오!』

격렬한 구타의 응수가 펼쳐졌다.

그 충격은 무시무시해서 주먹이 만든 풍압만으로도 주위 벽에 금이 갔고 지면은 이미 너덜너덜했다.

다만 던전의 벽이라서 바로 수정되었다.

그 광경을 아연히 바라보고 있으니 뱀 마물 한 마리가 내게 다가와 어깨에 꼬리를 올렸다.

『형씨, 인기 많네! ……고릴라지만.』

"하나도 안 기뻐어어어어어어!"

역시 이상하잖아?! 어떻게 생각해도! 아니, 생각할 것도 없이 이상해!

애초에 너희 적이었잖아?! 어째서 이렇게 친근하게 구는 거야?!

『아니, 기뻐해야지! 누님도 괜찮은 여자야! ……고릴라지만.』

『맞아, 맞아. 저래 보여도 헌신하는 타입이라고! ……고릴라지만.』

『우리를 아우르는 통솔력도 있고 굉장히 믿음직스러워!
⋯⋯고릴라지만.』

『요리도 잘하고 의외로 손재주도 있어서—.』

"그래도 고릴라잖아아아아아아아아아아아아!"

어떤 설명에도 반드시 고릴라가 따라붙잖아!

물론 고릴라가 나쁘다는 건 아니야. 하지만 그런 문제가
아니라고⋯⋯!

『저 남자를 내놔아아아아아아아아아아아!』

"절대로 안 돼애애애애애애애애애애애!"

여자들이 서로 나를 차지하겠다고 싸우다니, 사람에 따라
서는 기쁠지도 모른다. 그만큼 나를 원한다는 거니까.

하지만⋯⋯ 어째서 고릴라인 거야아아아아아아아!

적어도 인간! 인간으로 부탁합니다! 이건 이종족 연애 수
준이 아니잖아! 애초에 내게는 사리아가 있고!

내가 한탄하는 사이에 두 사람도 어느새 만신창이가 되어
있었다.

"하아⋯⋯ 하아⋯⋯."

『후우⋯⋯ 후우⋯⋯.』

서로가 방심하지 않고 노려보았다.

그러나 여기 있는 모두가 이렇게 생각했다.

—다음 공격으로 결판이 난다.

체력도 서로 한계라서 일격을 날리는 것이 고작이었다.

그때, 아나콩이 갑자기 웃음을 터뜨렸다.

『크크크…… 아하하하하하!』

"……? 뭐가 웃기지?"

『아니, 미안……. 이렇게 이 싸움이 재미있어질 줄은 생각도 못 했거든……. 너를 어린 계집애라고 얕봐서 미안해. 너는 좋아하는 수컷을 위해 레벨이 훨씬 높은 나와 막상막하로 싸웠어. 솔직히 칭찬할게. 다만—.』

"……!"

『—역시 마지막에 이기는 건 나야!』

아나콩은 지금까지 본 것 중에서 가장 빠른 속도로 사리아에게 다가가 혼신의 일격을 배에 날렸다.

"으윽?!"

"사리아?!"

『자, 내가 이겼어!』

나는 소리쳤고 아나콩의 승리를 확신했다.

—그러나 사리아는 진 것이 아니었다.

"—잡았다."

『무슨?! 아차—.』

"세이이치는…… 내 거야아아아아아아아아!"

『으아아아아아아아아아아아아아아아아!』

『『『누, 누니이이이이이이이이이임!』』』

사리아의 날카로운 어퍼컷이 아나콩의 턱에 작렬했다.

팔을 높이 치켜들고서 굳은 사리아.
그리고 아나콩은 땅에 쓰러졌다.

가여운 뱀 아가씨

아나콩이 땅에 쓰러진 순간, 나는 곧장 사리아에게 달려가 마법으로 회복시켰다.

"사리아! 괜찮아?!"

"세이이치…… 나, 이겼다…… 세이이치는, 내 남편이니까……."

"사리아……."

『—정말이지, 너 대단한 여자구나.』

"……!"

조금 전까지 쓰러져 있었을 터인 아나콩이 상처투성이인 상태로 다가왔다.

나는 무심코 사리아를 감싸듯 섰다.

그 모습을 보고 아나콩은 쓰게 웃었다.

『그렇게 경계하면 나도 상처 받아. 난 정면으로 치고받아서 졌으니까.』

"아…… 미, 미안."

『됐어. ……너도 그 여자가 소중하구나.』

"웃…… 마, 맞아."

솔직히 다른 사람한테 이런 소리를 들으니까 부끄럽지만 사실이므로 솔직히 그렇게 말했다.

내 말에 아나콩은 만족스럽게 고개를 끄덕이고서 사리아에게 진지한 눈길을 보냈다.

『너, 이름은?』

"……사리아."

『그래? 좋은 이름이네. 그럼 사리아, 이걸 받아.』

그렇게 말하고서 아나콩은 팔에 차고 있던 토시를 벗어 사리아에게 건넸다.

"이것은?"

『내 무기야. 패배한 내가 차고 있는 것보다도, 이긴 데다가 밖에 나갈 수 있는 너와 함께 가는 게 이 녀석에게도 좋겠지. 받아 줘.』

"……알겠다."

사리아는 메탈릭 블루 빛깔의 토시를 받아 팔에 장착했다.

『청아한 소녀의 토시』……긍지 높은 소녀에게 걸맞은 토시. 몽환급 무기. 장비자는 모든 상태 이상을 무효화한다. 장비자가 높은 긍지를 유지하는 한, 공격력과 방어력이 계속 상승한다.

효과는 엄청났다.

모든 상태 이상 무효는 매우 유용하고 표현이 애매하긴 하지만 높은 긍지를 유지하면 공격력이 계속 오르는 모양이었다. ……긍지 높다는 것의 기준이 정확히 뭐야? 불분명해!

사리아가 토시를 착용하자 아나콩은 미소 지었다.

『아아…… 역시 너한테 잘 어울려.』

그런 아나콩을 보고 사리아는 표정을 흐렸다.

"너는…… 괜찮은 건가?"

『뭐가?』

"이유가 무엇이든, 너는 세이이치를…… 수컷을 원했다. 그랬는데, 포기해도 괜찮은가?"

『네가 그걸 묻는 거야……?』

아나콩은 아득한 눈빛을 하고서 이야기했다.

『……우리는 던전에서 나고 자랐어. 부모는 없어. 굳이 말하자면 이 던전이 부모지. 그렇기에 동경했어. 가족을…… 가정을 꾸리고 싶었어. 나는 동족이나 교미 가능한 다른 수컷도 가정도 전부 지식으로만 아니까…… 널 봤을 때, 그 꿈이 이루어지리라고 생각했어.』

아나콩은 나를 보고 자조적으로 웃었다.

『……하지만 크나큰 착각이었어. 너한테는 이미 사리아라는 멋진 여자가 있지. 그런 너에게 내가 파고들 틈 같은 건 처음부터 없었던 거야.』

"……그러면, 앞으로 어떻게 할 거지?"

사리아의 말에 아나콩은 상냥하게 미소 지었다.

『너희는 이 앞에 볼일이 있는 거지? 문을 열려면 이 던전의 규칙을 지켜야 해. 그리고 이 방의 문이 열리는 조건은 방의 주인이 사라지는 것— 즉, 내가 사라지면 열려.』

"웃!"

아나콩은 상냥하게 미소 지었지만 뱀 마물들은 침통한 얼굴이었다.

깜짝 놀라는 우리를 보며 아나콩은 웃어넘겼다.

『왜 그렇게 우중충한 얼굴이야? 우리는 적이야. 적이 사라지면 기뻐해야지 슬퍼하는 녀석이 어디 있어?』

"하지만……!"

『살아 있어 봤자 결과는 똑같아. 어차피 우리는 던전의 마물…… 이 좁은 세계에서 나갈 수조차 없는 불쌍한 마물이야.』

한순간 슬픈 표정을 지었으나 금세 밝게 표정을 바꾼 아나콩이 우리에게 말했다.

『자, 나는 됐으니까! 단숨에 나를—.』

『쓸모없는 마물이군!』

"어?"

『뭐야? ……웃?! 으아아아아아아아아아아!』

『누님?!』

돌연 귀에 익은 낮은 목소리가 들리더니 갑자기 아나콩이 가슴을 부여잡고 괴로워하기 시작했다.

사리아와 내가 서둘러 다가가려고 했지만 아나콩은 필사적으로 통증을 참으면서도 손으로 제지했다.

『오지 마!』

"하, 하지만!"

『……아무래도 마중 나온 모양이야.』

『그렇다. 쓸모없는 네년은 그 목숨으로 침입자들을 길동무 삼아 줘야겠어.』

　조금 전까지 아무것도 없었을 텐데 문의 양옆에 1층에서 봤던 거대한 눈이 나타났다.

"무슨…… 네 녀석은 우리의 공격에 죽은 것 아니었나?!"

『멍청하기는! 그딴 연약한 공격에 내가 죽을 리가 없지 않은가! 나는 던전이다. 네놈들에게 승산 따위 없다.』

　진심으로 업신여기며 그렇게 고하는 거대한 눈.

　그 거대한 눈이 아나콩을 냉랭하게 바라보았다.

『여기까지 순조롭게 레벨을 올렸으면서 떨거지에게 지다니…… 터무니없는 잔챙이였군. 침입자 한 명 죽이지 못하는 네년에게는 가치도 쓸모도 없다. 당장 죽어라.』

『끄으으으으으으으으으으?!』

　필사적으로 통증을 견디는 아나콩을 보고 사리아가 외쳤다.

"그녀에게 무슨 짓을 했지?!"

『그저 몸을 폭탄으로 바꿔 줬을 뿐이다. 결국 저 고릴라는 내가 만들어 낸 존재…… 어떻게 다루고 어떻게 변화시키든 자유자재지.』

"어떻게 그런 짓을……! 지금 당장 그만둬!"

"악독한 자식……!"

"……용서 못 해."

알과 동료들이 일제히 벽의 거대한 눈에게 달려들었지만 공격이 닿기 직전에 거대한 눈은 모습을 감췄다.

『으하하하하하! 이미 늦었다! 거기 있는 잔챙이의 폭발에 휘말려 죽어라. 그래도 만약 살아난다면 그때는 상대해 주마. 뭐…… 무리겠지만 말이지. 후후후…… 아하하하하하하!』

"썩을 놈…… 기다려!"

동료들이 필사적으로 벽을 공격했으나 목소리는 점점 멀어졌다.

그 모습을 바라보던 아나콩은 통증을 참으며 목소리를 쥐어짰다.

『나, 나는 됐으니까…… 너희는…… 빨리…… 도망쳐……!』

"그럴 수는 없다!"

『억지 부리지 마……! 말했잖아……? 나, 나는…… 이 던전에 매여 있어……. 살리는 것도 죽이는 것도 결국 이 던전에게 달렸다는 뜻이야…….』

"어째서…… 어째서……!"

『아아…… 그런 얼굴 하지 마. 너도 사리아를 좀 달래 줘.』

비 오듯 땀을 흘리며 아나콩은 억지로 웃었다.

그 모습을 보고 나는―.

"세이이치…… 어떻게든 해 줘, 세이이치……!"

"알겠어."

나는 해방 마법『링O 대통령』을 발동시켰다.

그러자 상냥한 빛이 아나콩을 감쌌다.

빛이 사라짐과 동시에 통증도 사라졌는지 아나콩이 놀란 눈으로 나를 보았다.

『이, 이건……?』

"널 이 던전에서 해방했어."

『뭐……? 던전에서 해방했다고?! 어떻게 그런…….』

나는 혼란스러워하는 아나콩에게 회복 마법을 걸어서 전신의 상처를 치유했다.

『어……?』

"……너의 이유가 무엇이든 간에 나는 널 받아 줄 수 없어. 아니, 애초에 나는 그럴 만한 그릇이 안 돼."

알과 사리아만으로도 벅찬데 더군다나 칸나즈키 선배와 아이링도 있으니 말이지.

"그래도, 네가 고릴라든 뭐든 간에…… 이런 나를 좋게 생각해 준 건 무척 기뻐. 그러니 이번에는 바깥세상에 나가서 더 좋은 남자를 찾아 줘. 그걸 위해 널 해방했어. 알겠지?"

『해방됐다는 건…… 믿기 힘들지만 정말인 모양이네. 하지만 좋은 남자라니…… 난 결국 마물이고, 아무래도 한계가 있어…….』

이미 포기한 기색인 아나콩을 보고 나는 재배한『진화의
열매』를 하나 꺼냈다.

"이거 줄게."

『그게 뭐야……?』

"이걸 먹고 레벨을 올리면 어쩌면 사리아처럼 인간이 될
수 있을지도 몰라. ……너는 괜찮은 여자라고 생각해. 그러
니까 만약 인간이 된다면 동족뿐만 아니라 인간들에게도
인기 만점일지도 모르지."

『그, 그게 뭐야…….』

그렇게 말하면서도 아나콩은 순순히『진화의 열매』를 받
아 곧장 먹었다.

『…….』

"어때?"

『……무지막지하게…… 맛없어…….』

"아하하하하하! 그렇지. 하지만 효과는 보증해."

나도 공감이 가서 웃자 아나콩은 일순 눈을 크게 떴다가
시선을 돌렸다.

『……뭐야. 깨끗이 포기하려고 했는데 다시 진심이 되어
버렸잖아…….』

"응?"

『아, 아무것도 아니야!』

"그, 그래?"

본인이 아무것도 아니라니 그렇겠지.

아무튼 할 수 있는 일은 했다.

이제 이 앞에 있다는 거대한 눈과 만나기만 하면 된다.

"그럼…… 우리는 먼저 갈게. 아나콩을 던전에서 해방했더니 이 방의 주인이 사라졌다고 인식된 모양이고……."

실은 아나콩을 해방한 순간, 방 안쪽의 두꺼운 문이 열렸다.

『그, 그럼 나도…… 윽…….』

"아아…… 무리하지 말라니까."

『하, 하지만…….』

무리해서 일어나려고 한 아나콩은 상처는 치유됐어도 체력은 돌아오지 않았기에 그 자리에서 비틀거렸다.

"괜찮으니까 이 앞은 우리에게 맡겨 줘. 넌 빨리 이딴 곳에서 나가서 좋은 남자를 찾아야지."

"괜찮다. 세이이치는 강하니까."

사리아도 그렇게 거들자 아나콩은 마지못해 고개를 끄덕였다.

『……알겠어. 여긴 너희에게 맡길게. 하지만 기억해 둬! 난 의리 없는 여자가 아니야. 이 은혜는 절대 잊지 않아. 언젠가 반드시 너희에게 은혜를 갚겠어.』

"신경 안 써도 되는데……."

『내, 내가 만나고 싶어서 그래! 각오해. 다음에 만날 때는 너희가 깜짝 놀랄 만큼 매력적으로 변해 있을 테니까!』

『누님…… 의욕적이시군요……!』

『물론 저희도 따라가겠습니다!』

『……아니, 우리는 던전에 매여 있잖아?』

『『으아아아아아아아아아아아아!』』』

또 뱀 마물들이 콩트를 펼쳐서 나도 모르게 뱀 마물들에게도 『링○ 대통령』을 외웠다.

『이, 이렇게 간단히 우리를 해방해 주다니…… 형님…… 형님이라고 부르게 해 주세요!』

『『『형님! 형님!』』』

"아우는 이미 충분하거든요?!"

왜 뱀 마물들까지 아그노스 같은 소리를 하는 거야!

아무튼 전원을 던전에서 해방하고 마침내 우리는 앞으로 나아갈 수 있게 되었다.

"이제 모르겠다……. 그럼 기회가 되면 또 보자!"

"안녕~!"

『그래, 또 보자!』

다시 만날 약속을 한 뒤, 우리는 이 앞에서 기다리고 있을 거대한 눈에게 향했다.

"……세이이치. 너 고릴라 킬러야?"

"엥? 고릴라 킬러가 뭐야?"

"……아니, 됐어. 나도 그 고릴라는 마음에 들었고, 사리아도 어쨌든 인정한 것 같으니까…….”

“응?”

도중에 알이 한숨을 쉬며 그렇게 말했다.

아무래도 나만 못 알아들었는지 루이에스와 루티아는 미묘한 표정을, 루루네는 당연하다는 표정을 짓고 있었다. 오리가는 특별히 변화가 없었다.

변화 없는 오리가마저 알아들은 것 같으니 정말로 나만 이해하지 못한 듯했다.

아무튼 거대한 눈은 아직 살아 있었다.

……뱀신이 말했던 위협이 그 녀석인 거겠지.

사리아와 동료들의 공격으로 완전히 소멸했다고 생각했었으니까.

그리고 이 던전에 있는 『가여운 아이』가 누구인지도 아직 몰랐다.

아나콩은 그 방의 주인으로서 던전에 매여 있었으나 뱀신이 말했던 『가여운 아이』는 아닐 것이다. 『가여운 아이』는 이 던전에 봉인된 존재인 것 같은데 아나콩은 던전에서 태어나 자랐다고 했고…….

여하튼 나는 몹시 불쾌했다.

내가 멋대로 느끼는 감정임을 알고는 있지만 그래도 거대한 눈의 발언과 태도가 마음에 들지 않았다.

그 녀석은 살아남는다면 상대해 주겠다고 했다.

그러니—.

"자…… 상대해 주셔야겠어."

지금까지 봤던 것과는 분위기가 다른 거대한 문 앞에서 나는 그렇게 생각했다.

◆　◇　◆

"이건……."

뱀 장식이 달린 거대한 문을 지나자 어둑한 방이 나왔다.

중심에는 십자가에 전신이 쇠사슬로 묶인 무언가가 있었다.

방에 감도는 이상한 기운과 어째선지 구속되어 있는 존재의 등장에 우리는 깜짝 놀랐다.

경계하면서도 조금씩 방의 중앙에 다가가자 아니나 다를까 뒤에서 문이 닫혔다.

"—오지 마십시오."

"어?"

다가가자 구속된 존재의 모습이 확실히 보였고 우리는 또 다른 의미에서 놀랐다.

쉼 없이 꿈틀거리는 짙은 녹색 머리카락을 가진 사람이 조용히 눈을 감고 있었다.

그래도 몹시 괜찮은 외모임을 알 수 있었다. 내 또래로 보였는데 옷은 너덜너덜해도 몸에 상처는 없어 보였다. 다만 몸매가 좋아서 쇠사슬이 파고든 가슴 등이 묘하게 요염했다.

하지만 그런 모습을 봐도 나는 그저 놀랍기만 할 뿐이었다.

왜냐하면―.

"메두사……?"

그랬다. 눈앞에 구속되어 있는 여성의 생김새는 신화에 등장하는 메두사 같았다.

실제로 메두사를 본 적이 없으니 뭐라고 할 수는 없지만, 아까부터 꿈틀거리는 녹색 머리카락을 자세히 보니 그 끝에 전부 뱀의 얼굴이 있었다.

"메두사가 뭐야?"

"으음…… 메두사는 내가 있던 세계의 신화에 등장하는 가공의 존재……라고 해야 할까."

아무래도 이 세계에는 메두사라는 단어가 없는지 알이 이상하다는 표정을 지었다. 그보다도 지금은 구속되어 있는 여성이 문제였다.

"어어, 지금 당장 그 구속을―."

"오지 마십시오."

다 같이 도와주려고 했는데 여성의 대답은 거절이었다.

그 거절에 사리아가 물었다.

"어째서?"

"……왜 이곳에 왔는지는 모르겠지만 지금 당장 돌아가십시오. ……저는 더 이상 누구도 희생시키고 싶지 않습니다."

"……자세한 사정은 알 수 없지만 못 본 척할 수는 없어요. 지금 당장—."

"읏! 아…… 아아아…… 안, 안 돼…… 도망쳐……!"

"무슨?!"

여성의 말을 무시하고 다가가려고 한 순간, 돌연 그녀의 모습이 이상해졌다.

구속된 상태로 고통스러운 표정을 지었다.

"안 돼…… 싫어…… 싫어어어어어어어어!"

그 순간, 감겨 있었을 터인 그녀의 눈이 뜨이고 보라색으로 빛났다.

보라색 빛은 마치 레이저처럼 일직선으로 우리에게 날아왔다.

불길한 예감을 느낀 우리는 곧장 그 자리에서 물러났고 보라색 빛은 뒤에 있는 문에 부딪혔다.

"허……?"

"무, 문이……."

나는 생김새를 보고 메두사 같다고 생각했었기에 별로 놀라지 않았지만, 그렇지 않은 동료들은 보라색 빛을 맞은 문을 보고 표정이 굳었다.

왜냐하면 문이 생기 없는 돌로 변했기 때문이다.

물론 문은 원래부터 철제였고 생기가 없긴 했다.

하지만 두짝문이었던 것이 지금은 한 장의 석판처럼 굳어 있었다.

보라색 빛을 쏜 여성은 얼굴을 숙이고 필사적으로 무언가를 견뎠다.

"윽…… 으으…… 아, 안 돼…… 빨리, 여기서 도망쳐……."

"도망치라고 해도……."

저렇게 괴로워하는데 그냥 보고 있을 수도 없고 무엇보다 이곳에 있을 던전 자체에게 볼일이 있었다.

어쩌면 좋을지 고민하고 있으니 우리의 목적인 던전이 말을 걸어왔다.

『뭐야, 네놈들. 살아 있었나? 재미없군.』

"너 이 자식……."

『뭐, 살아남았어도 결국 여기서 죽는 건 변함없지……. 자, 저주받은 아이야! 거기 있는 침입자들을 죽여라!』

"윽…… 으으― 아아아아아아아아아아아아!"

여성은 마침내 견딜 수 없게 됐는지 절규했다.

심지어 그 순간, 구속하고 있던 쇠사슬과 십자가가 날아갔다.

『하하하하하! 자, 그 힘을 침입자들에게 써라! 그리고 죽여라! 죽이면 나는 또 강해지리니…….』

"으으…… 아아……."

『뭐 하는 거지?! 죽여, 죽이라고! 바깥세상에서는 제대로 살아갈 수 없는 네년을 내가 써 주겠다잖아! 그 저주받은 힘을 지금 당장 해방해!』

"싫어…… 싫어……!"

양손으로 눈을 필사적으로 누르는 여성을 던전이 다그쳤다.

"아까부터 듣고 있자니 기분 더럽네……. 숨어 있지 말고 나와, 이 자식아!"

"맞아. 주인님 앞에서 모습을 보이지 않다니…… 불손한 것도 유분수지. 이 세계에서 삭제되고 싶어?"

혈기 왕성한 알과 루루네가 온 방을 둘러보며 그렇게 말했다.

『멍청하기는. 왜 내가 네 녀석들 앞에 나가야 하지? 네놈들을 기다리고 있는 것은 죽는 운명뿐인데…….』

"……나오지 않겠다면 닥치는 대로 공격할 뿐입니다."

루이에스는 괴로워하는 여성을 경계하면서도 주위의 벽과 천장을 향해 무차별적으로 참격을 날렸다.

참격은 확실히 벽에 흠집을 냈지만 금세 수복되어 버렸다.

『으하하하하하하! 소용없다! 네놈들은 이제 이 방…… 아니, 내 안에서 나갈 수조차 없다! 그리고 거기 있는 저주받은 아이가 곧장 네놈들을 죽일 것이다.』

"나는…… 그러고 싶지…… 않아……!"

『흥. 세계에 불필요한 쓰레기 주제에 아직도 내게 반항하는가? 작작 하고 포기해!』

"아…… 아아…… 아아아아아아아아아아아아아아아!"

던전의 말이 끝나자 검은 안개 같은 것이 여성의 몸을 감쌌다.

여성은 삼켜지지 않으려고 필사적으로 저항했으나 이윽고 힘이 빠져 눈이 완전히 뜨인 상태가 되었다.

심지어 그 눈에 증오를 담아 우리를 보았다.

"미워…… 미워, 미워, 미워, 미워어어어어어어어어어!"

"우왓?!"

"칫!"

"……위험해."

무차별적으로 날아오는 석화의 빛을 우리는 필사적으로 피했다.

……나는 『완전 내성』 스킬이 있고, 사리아도 아나콩에게 받은 토시의 효과로 상태 이상을 무효화할 수 있지만 기분의 문제라고 할까, 정신 위생상의 문제로 피했다.

피하면서도 벽이나 천장 어딘가에 던전이 있을지 몰라서 동료들은 공격을 계속했다.

빛을 피하고 있으니 여성이 마음의 절규를 폭발시켰다.

"어째서…… 어째서 내가 배척당해야 해……?! 이딴 몸…… 되고 싶어서 된 게 아닌데……!"

『그래그래, 인간은 제멋대로야. 널 낳고서 감당 못 하겠다며 이 던전에 봉인했지. 그저 바라보기만 해도 돌로 변하는 힘…… 저주가 아닌데도 저주받았다는 말을 듣는 너는 확실히 【가여운 아이】일지도 몰라.』

던전의 그 목소리를 들으니 얼굴은 보이지 않지만 비아냥거리며 웃고 있을 모습이 상상이 갔다.

『하지만 네가 이 던전에 봉인된 덕분에 나는 그 힘을 흡수할 수 있었고 이렇게 지대한 능력을 손에 넣었지. 너는 나에게 충분히 이용 가치가 있는 쓰레기야.』

"으으…… 으으으으으으으으으으!"

던전의 목소리는 한없이 사람의 신경을 건드렸다.

여성은 자신의 처지와 던전의 말에 저항할 방도가 없기에…… 두 눈에서 새빨간 피눈물을 흘렸다.

『아하하하하하하하! 정말로 인간은 아주 좋은 장난감을 내게 줬단 말이야! 그에 관해서는 감사해 주지. 앞으로는 그 인간들을 잔뜩 잡아먹고 내가 세계 자체로 변할 것이다!』

던전은 혼자서 망상을 마구 지껄였다.

『어이, 얼마나 더 시간을 들이려는 거야?! 냉큼―.』

"아까부터 시끄러워."

나는 폭주하는 여성에게 『링○ 대통령』을 발동했다. 오늘 『링○ 대통령』 대활약이네.

그러자 여성의 몸을 휘감고 있던 검은 연기가 날아갔고, 그 자리에 쓰러지려는 그녀를 내가 받았다.

"아……."

『허?!』

갑작스러운 사태에 여성뿐만 아니라 던전의 얼빠진 목소리도 들렸다.

……이 던전에 봉인되어 있다고 했는데, 아무래도 그녀 역시 아나콩처럼 이 던전에 매여 있었던 모양이다.

나는 여성을 조심스럽게 그 자리에 눕히고 방 전체를 노려보았다.

"아까부터 듣고 있자니 영문 모를 소리만 지껄이고 말이야……."

『여, 영문 모를 소리라고?!』

알 리가 없잖아.

뜬금없이 여성과 던전의 과거를 말하는데 어떻게 이해하겠어.

내가 여성을 해방하자 사리아와 동료들도 일단 공격을 멈추고 내 곁으로 왔다.

『끄으으으으응……! 어떻게 한 건지는 모르겠지만 그 쓰레기를 해방했어도 이 던전에서는 절대로 나갈 수 없다! 왜냐하면 나를 쓰러뜨려야만 나갈 수 있으니까! 쓰레기와 함께 그 방에서 무참히 썩어라! 후후후…… 아하하하하하하하!』

그렇게 말하고서 던전의 목소리가 다시 멀어졌다.

"아, 내빼는 거냐! 세이이치, 도망치게 둘 거야?!"

"내버려 둬."

알이 그렇게 물었지만 딱히 상관없었다.

애초에 나는 그냥 둘 생각이 없었다.

"……던전은 처음 들어왔는데 어디든 이렇게 성격이 나빠?"

"……아뇨, 애초에 던전이 의식을 가졌다는 이야기는 들은 적도 없습니다."

이 던전의 못돼 먹은 성격에 루티아가 눈썹을 찌푸리자 루이에스가 한숨을 쉬며 부정했다.

그렇겠지…… 던전이 의식을 가졌다니 이상한 이야기고.

그보다도—.

"괜찮아?"

"예……? 아…… 그게…… 괘, 괜찮습니다……."

지금은 눈을 감은 상태인 여성이 겁을 먹은 채 그렇게 말했다.

그 모습을 보고 나도 모르게 쓴웃음을 짓고 말았다.

"그렇게 무서워하지 않아도 되는데……."

"……어떻게 무섭지 않겠어요? 지금은 진정됐지만 저는 그 빛을 제어할 수 없어요. 그래서 여러분을 돌로 만들어 버릴지도 몰라요."

그렇게 말하고 그녀는 얼굴을 숙였다.

그러자 사리아가 다정하게 말을 걸었다.

"나는 사리아! 네 이름은?"

"……조라 메르곤입니다."

"조라 씨는 왜 이 던전에 있는 거야?"

"······왜 그런 이야기를 해야 하죠? 그냥 내버려 두세요."

"내버려 둘 수 없어. 이런 곳에 외톨이로 있다니 쓸쓸하잖아!"

그런 사리아에게 맞춰 나도 뱀신이 했던 말을 고했다.

"나도 도저히 내버려 둘 수 없어. 뱀신에게 부탁도 받았고."

"예······? 뱀신님께?!"

내 말에 조라는 얼굴을 번쩍 들었다.

"그래. 『가여운 아이』를 도와달라고 위층에서 말했었어."

"······그런가요······."

한동안 말이 없던 조라는 이윽고 띄엄띄엄 이야기하기 시작했다.

"······저는, 원래 뱀족이라고 불리는 종족으로, 숲 깊은 곳에 있는 마을에서 태어났습니다. 하지만 저는 태어나자마자 시야에 들어온 모친을······ 돌로 만들어 버렸어요."

"······."

태어났을 때부터 이미 그녀는 석화의 빛을 쓸 수 있었던 모양이다.

"다행히 모친은 빠르게 처치를 받아 살아났지만······ 온 마을이, 그리고 부모가 저를 저주받은 아이라고 했다더군요. 뱀신님께서 가르쳐 주셨어요."

"뱀신이?"

"네······. 제 능력을 안 다른 뱀족은 저를 두려워했고 죽이기로 했어요. 하지만 뱀족의 수호신인 뱀신님은 그 결정에 노하셨어요. 뱀신님의 존재도 있어서 저는 당장은 죽지 않았지만, 수호신인 뱀신님을 탐탁지 않게 여긴 사람들에 의해 뱀신님과 함께 이 던전에 봉인당하게 됐죠. 처음에는 작은 던전이었고 저와 뱀신님은 같이 있었어요. 하지만 점차 힘을 축적하여 커진 던전은…… 이윽고 의사를 갖게 됐어요. 의사가 생긴 던전은 층을 늘렸고 저와 뱀신님을 떼어 놓았어요. 그리고 제 능력을 안 던전은 저의 몸을 이 방에 구속하여 더욱 힘을 키워 나갔죠."

우리는 조라의 이야기를 듣고 아무 말도 할 수 없었다.

부모에게 버려졌을 뿐만 아니라 죽을 뻔하고, 최종적으로 수호신이었던 뱀신과 함께 던전에 봉인되다니…….

그런 인생을 살아온 조라가 봉인되어 있었기에 루티아가 처음에 슬픈 기운이 느껴진다고 했던 거겠지.

흑룡신 때도 생각했지만 사람은 고마움을 점점 잊어버리는 생물인 것 같다.

내가 뭐라고 논할 일은 아닐지도 모르지만, 지금까지 자신들을 지켜 준 상대에게 할 행동은 아니었다.

"……아무튼 이게 제가 던전에 있는 이유입니다. 저는 이 세계에 태어났을 때부터 축복받지 못했어요."

조라는 눈을 감은 채 자조적으로 웃었다.

그러자 오리가가 조라에게 안겨 들었다.

"어?"

"……축복받지 못했다고 말하면 안 돼."

"……당신이 뭘 알죠? 제 기분을—."

"……알아. 나도 검은 고양이 수인이라는 이유로 부모에게 버려졌으니까."

"……예?"

오리가의 말에 놀란 조라가 당황했다.

"……나도 태어나면 안 되는 아이라는 말을 들었어. 그렇게 부모가 날 국가에 팔았고 나는 거기서 암살 기술을 배워야 했어……."

"……."

"……하지만 나는 지금 행복해. 세계가 어떻든 관계없어. 행복해질 권리는 누구에게나 있으니까."

"……나도 행복해지고 싶어. 이런 곳이 아니라 진짜 하늘을 보고 싶어. 맑은 공기를 마시고 싶어. 여러 풍경을 보고 싶어……! 하지만……!"

그렇게 말한 조라는 참지 못하고 울기 시작했다.

그 모습을 보던 알이 내게 물었다.

"……세이이치. 이런 부탁을 해도 좋을지 모르겠지만…… 어떻게 할 수 없을까? 나도 저주받았었던지라 남 일 같지가 않아서……."

"……날 의지해 주는 건 무척 기쁘지만, 이건……."

나도 도와줄 수 없었다.

도와주고 싶지만…… 성가시게도 조라의 석화 능력은 저주가 아니었다.

『상급 감정』과 『세계안』을 써서 몇 번이나 확인해 봐도 저주라는 표시는 나오지 않았다.

즉…….

"……정말로 타고난 체질인가……."

저주가 아니라 체질이라면 어쩔 도리도 없었다.

체질 개선 마법이라니 상상도 가지 않았다.

심지어 스킬도 아니기에 더더욱 어떻게 할 수가 없었다.

"만약 체질이더라도 어떤 원리로 석화의 빛이 나오는지를 알아야……."

"아마 눈에서 흘러나오는 과도한 마력이 원인이야."

"응?"

본격적으로 막막한 상황에 머리를 싸매고 있으니 루티아가 진지한 눈으로 조라의 눈가를 보고서 말했다.

"나는 스킬이나 마법이 아니라 마력 같은 걸 직접 색으로 볼 수 있어. 이것도 그녀처럼 체질일 거야. 그래서 아까부터 이상하다고 생각했는데…… 그녀의 눈에는 말도 안 되는 수준의 마력이 담겨 있어. 그 마력이 흘러넘칠 때, 억제하지 못하고 석화의 빛이 되어 방출되는 것 같아."

"그, 그래……? 그럼 마력을 어떻게든 하면 되는 건가? 예를 들면······ 잉여 마력을 줄인다든가."

루티아 덕분에 어떻게든 할 수 있을 것 같다는 생각이 들었지만 루티아는 복잡한 표정으로 고개를 가로저을 뿐이었다.

"······마력은 몸을 순환해. 마법으로 소비하는 게 아니라 억지로 마력을 줄이면 몸에 이변이 생겨서 최악에는 죽어버리기도 해."

"그럼 결국 어떻게도 할 수 없는 건가······."

"······어렵지만, 흘러넘치는 마력을 완전히 차단하면 그나마 어떻게든······."

마력을 완전히 차단한다라······.

"그건 간단한 일이야?"

"······보통은 무리야. 아무리 억눌러도 몸에서 마력이 흘러나와. 마력에는 기본적으로 장애물이 존재하지 않으니까."

"그런가······."

즉, 마력을 완전히 셧아웃할 수 있는 물건이 있으면 되는 것 같았다.

하지만 석화의 빛을 억누를 뿐만 아니라 바깥 경치도 볼 수 있어야 했다.

······그저 내 상상일 뿐이지만 고글이나 안경처럼 시야를 차단하지 않는 물건이어야겠지.

"으음······ 마력만을 완전히 차단하고 시야는 차단하지 않는 물건이라······."

되게 편의주의적인 아이템이네!

그런 물건이 어디에—.

"아."

거기까지 생각했다가 나는 떠올렸다.

……있었다. 딱 하나 있었어……!

나는 그 아이템을 떠올리고 모두에게 말했다.

"찾았어!"

"응?"

"……조라의 문제를 해결할 방법을 찾았어."

『뭐어?!』

아니나 다를까 다들 깜짝 놀랐다.

"세이이치…… 내가 말을 꺼내긴 했지만 마력을 완전히 차단하는 물건 같은 건 없어. 심지어 시야도 해치지 않는 물건이라면 더더욱……."

루티아의 말대로 나도 처음에는 그렇게 생각했지만, 그런 물건이 있으니 어쩔 수 없었다.

"말로 설명하기보다 직접 보여 줄게! 다만 준비하려면 일단 던전에서 나가야 해."

"뭐? 던전에서 나간다니…… 그러고 보니 우리 이 던전에 갇혔잖아."

조라에 관해 생각하느라 까맣게 잊고 있었지만 던전이 말하길 우리는 갇힌 듯했다.

하지만…….

"난 전이 마법이 있으니까 상관없어."

"……그러고 보니 그랬지."

실제로 이 방에서 전이 마법을 쓰는 것은 가능했다. 아무 문제 없이 탈출할 수 있었다.

"하지만 용건이 끝나면 다시 돌아올 거야."

"뭐? 어째서……."

의아해하는 알에게 나는 웃으며 대답했다.

"그야 물론, 이 던전을 용서할 수 없으니까."

푸른 하늘

"—베아트리스 씨!"

"네? 아, 세이이치 씨. 무슨 일이시죠? 던전에 계신 줄 알았는데요⋯⋯."

모두에게 언질을 주고서 먼저 돌아온 나는 조라에게 줄 도구를 만들기 위해 즉각 베아트리스 씨를 찾아갔다.

아니나 다를까 베아트리스 씨는 갑자기 나타난 나를 보고 깜짝 놀랐다.

"죄송해요, 급한 용건이라⋯⋯."

"하아⋯⋯ 용건이라 하심은?"

"그게, 안경은 어디서 만들 수 있나요?"

"예?"

내 질문에 베아트리스 씨는 맥 빠진 표정을 지었다.

"안경⋯⋯이요?"

"네. 안경이 아니라 고글이어도 좋지만⋯⋯. 베아트리스 씨도 아시다시피 저는 다른 세계에서 온지라 이 세계에서는 어디로 가야 안경을 손에 넣을 수 있는지 몰라서⋯⋯."

왜 이런 질문을 하는지 모르겠다는 얼굴이었지만 베아트

리스 씨는 순순히 가르쳐 줬다.

"잘 모르겠지만⋯⋯ 안경이라면 학원가의 잡화점에서 팔고 있어요. 물론 가격은 조금 나가지만요⋯⋯."

"그렇군요⋯⋯. 재료를 가져가면 그 재료로 만들어 주기도 하나요?"

"예? 재, 재료 지참인가요⋯⋯."

베아트리스 씨는 더욱 곤혹스러워했으나 진지하게 생각해 주었다.

"⋯⋯그러네요. 재료 지참이라면 잡화점보다는 대장간이 좋겠죠. 학원가에도 대장간은 있으니 한번 방문해 보시는 건 어떨까요? 아, 약도를 그려 드릴게요."

"감사합니다!"

약도를 받고 감사 인사를 한 뒤, 그대로 대장간으로 향했다.

친절한 베아트리스 씨 덕분에 대장간까지 헤매지 않고 갈 수 있었다.

"실례합니다."

"예이, 어서 오십쇼."

안에 들어가자 멋지게 수염을 기른 근육질 아저씨가 맞이해 줬다.

안에는 검이나 창 같은 무기뿐만 아니라 다양한 방어구와 방패도 놓여 있었다.

시간이 있다면 천천히 둘러봐도 재미있겠지만 지금은 용

건이 있기에 무시했다.

"저기, 이 재료를 사용해서 안경이나 고글을 만들 수 있을까요?"

나는 아저씨에게 어떤 재료―『마단사』를 건넸다.

그랬다. 조라의 고민을 해결할 수 있는 아이템은 사실 흑룡신 던전에서 쓰러뜨린 『샌드맨』의 드롭아이템이었다.

이걸 가열해서 유리로 만들면 마법이나 마력을 차단할 수 있다고 적혀 있었다.

하지만 공격 마법은 차단할 수 없다고 적혀 있어서 처음에는 어디다 쓰냐고 생각했었지만…… 설마 이렇게 쓰게 될 줄이야.

내게서 『마단사』를 받은 아저씨는 신기하다는 듯 모래를 살펴봤다.

"이건…… 생소한 소재지만, 감정 결과를 볼 때 가열하면 유리가 되는 모양이군. 근데 이걸로 안경을 만들겠다니…… 의미가 있는 건가?"

"네. 가능할까요?"

"흠…… 이 양이라면 안경과 고글, 둘 다 만들 수 있는데…… 어떻게 할래?"

"그럼 둘 다 만들어 주시겠어요?"

"그래, 맡겨 둬. 잠깐만 기다려. 이 정도라면 금방 끝나."

그렇게 말하고서 아저씨는 가게 안쪽으로 들어갔다.

기다리는 동안에는 특별히 할 일도 없었기에 어쩔 수 없이 대장간 안을 둘러보고 있으니 금방 아저씨가 나왔다.

"끝났다."

"빠르네요?!"

"유리로 만드는 건 특별히 어렵지 않았으니까. 이게 완성 품인데…… 안경에는 사이즈 조정 효과가 있는『대소(大小) 금속』이라는 특수한 소재를 사용했어.『대소 금속』으로만 만든 건 아니지만……『마단사』도 마음껏 사용했다. 누가 쓸 건지는 모르겠지만 이거라면 얼굴 크기에 맞춰서 테가 알아 서 조정될 거야."

그렇게 말하고 아저씨가 건네준 것은 심플한 은테 안경이 었다.

"그리고 이쪽은 고글이야. 이건 뭐…… 특수한 재료는 쓰 지 않았어. 굳이 말하자면 고무 밴드 정도인데……."

이어서 건네준 것은 옛날 전투기 조종사가 장착했을 법한 고글이었다. 아저씨가 말한 대로 검은색 고무 밴드가 달려 있으니 이것도 사이즈 걱정은 하지 않아도 될 것이다.

완성품을 보고 만족한 나는 감사 인사를 했다.

마지막으로 돈을 내려고 하니, 생소한 소재를 사용하게 해 줬고,『대소 금속』은 자투리를 쓴 것이라며 싸게 해 줬 다. 돈은 많지만 싸게 사면 좋은 거지.

아무튼 이렇게 준비를 마친 나는 곧장 조라가 있는 던전으로 돌아갔다.

◆ ◇ ◆

"다녀왔습니다!"

"아, 세이이치!"

"간 지 얼마 안 됐는데…… 벌써 끝났어?"

던전에 돌아오자 사리아와 동료들이 맞이해 줬다.

"그래. 가공 자체는 그렇게 어렵지 않았다나 봐. 그래서……
짠, 이게 주고 싶었던 물건이야."

"이것이……."

"확실히 스승님 말씀대로 이거라면 시야가 차단될 걱정은
없겠군요."

"하지만 정말로 마력을 차단할 수 있는 거야?"

"그건 실제로 시험해 봐야 알겠지."

나는 가라앉은 모습인 조라에게 다가갔다.

"자, 조라. 이걸 써 봐."

"예? 하, 하지만……."

"그렇게 무서워하기만 하면 아무리 시간이 지나도 앞으로
나아갈 수 없어. 그리고 석화의 빛은 무생물도 돌로 만드니
까, 쓰고서 벽이나 바닥을 보고 효과가 있는지 확인하면 되
잖아?"

"……으, 응……."

안경을 쓴 조라는 조심조심 눈을 떴다.

그리고—.

"아— 아아…… 아아아아아……!"

석화의 빛은 안경에 의해 완전히 차단되었다.

혹시 빛이 옆으로 샐지도 몰라서 고글도 준비했지만 어째 선지 빛 자체가 눈에서 나오지 않았다.

그 사실에 조금 놀라며 안경을 자세히 관찰하니 이유를 알 수 있었다.

놀랍게도 『마단사』는 안경의 렌즈 부분뿐만 아니라 안경의 코 받침과 안경다리 부분에도 들어가 있었다.

그래서 눈 주변의 마력이 차단되어 석화의 빛이 전혀 나오지 않았다.

조라는 감격하여 손으로 입을 가린 채 감춰져 있던 에메랄드 눈동자로 우리를 보았다.

"보여요…… 보여요……!"

"좋아, 어떻게든 됐네."

"으…… 으으…… 으아아아아아아아앙!"

조라는 목 놓아 울기 시작했다.

사리아는 그런 조라를 다정하게 바라보며 쓰다듬었다.

"잘됐다, 조라 씨."

"응…… 응……!"

"아니, 놀라기는 아직 일러."

"어?"

감동의 눈물을 흘리는 조라에게 나는 그렇게 말하고 웃었다.

"지금부터 좋은 걸 보여 줄 테니까 잘 봐."

"어? 어?"

"세이이치? 너 뭘 하려고?"

조라는 당황했고 동료들은 의아해하며 고개를 갸웃했다.

"일단 봐. 아, 되도록 내 근처에 있어 줄래?"

"그, 그래."

영문을 모르겠다는 표정을 지으면서도 동료들은 순순히 다가왔다.

"좋아, 그럼―."

『……?!』

나는 【증오가 소용돌이치는 세검】과 【자애가 넘치는 세검】
을 들고서 지면을 세게 밟았다.
블랙   화이트

그것만으로도 나와 동료들을 중심으로 지면이 날아갔고 그 충격에 동료들은 깜짝 놀라 소리 없는 비명을 질렀다.

"―이얍!"

다리에 그대로 힘을 준 채 나는 【증오가 소용돌이치는 세검】과 【자애가 넘치는 세검】에 어떤 마법을 휘감아서 세계가 삐걱거리기 직전의 힘으로 천장을 향해 휘둘렀다.

그리고―.

"……."

─세계가 흔들렸다.

◆ ◇ ◆

세이이치가 조라에게 안경을 건네줬을 무렵, 그들을 완전히 가뒀다고 생각한 던전은 낮은 목소리로 웃고 있었다.

『크크크…… 멍청한 인간들. 원래 초자연 현상인 던전에게 쓰레기 같은 인간들이 당해 낼 수 있을 리가 없지! 식량도 없는 그 공간에서 어디 한번 죽어 봐라.』

던전은 더욱 짙게 웃었다.

『다른 던전들은 자아도 가지지 못한 채 인간에게 공략당하여 스러져 왔지. 하지만 나는 달라! 어리석게도 이 땅에 침입한 인간들과 그 쓰레기의 힘을 모조리 흡수하여 내가 세계가 될 것이다! 누가 이 별의 지배자인가?! 인간들이 아니라 바로 나다! 던전인 나야말로 세계의 지배자다! 후후후…… 아하하하하하!』

던전은 소리 높여 웃었다.

그때였다.

『응? ……크억?! 뭐, 뭐야?!』

웃음소리를 차단하듯 커다란 진동이 던전을 덮쳤다.

자아가 싹튼 던전의 각 층은 인간으로 따지자면 장이나

위 같은 기관으로 비유할 수 있었다.

　그렇기에 던전의 벽을 공격하면 확실히 대미지가 들어가지만, 이 세계의 초자연 현상인 던전은 자연 치유만으로 온갖 파괴를 고칠 수 있었다. 그래서 던전 내에 있는 인간은 벽을 계속 공격하다가 체력이 떨어져 죽어 갔다.

　그러나 지금, 던전은 인간으로 따지자면 배 부분에서 엄청난 충격을 느꼈다.

　세이이치가 지면을 세게 밟은 순간이었고 너무나 극심한 통증에 던전은 비명을 질렀다.

　『으아아아아아아! 아파, 아파, 아파! 뭐, 뭐야, 뭐야아아아아아아?! 왜 이렇게 아픈 거야……! 커헉?!』

　하지만 세이이치의 지면 밟기는 그저 아픈 것에서 그치지 않고 간단히 던전을 파열시켰다.

　『아…… 아윽…… 어, 어째서…… 대체 무슨 일이…… 내게, 무슨 일이 일어난—.』

　던전은 그 원인을 찾으려고 했지만 실패로 끝났다.

　『크허?』

　얼빠진 목소리와 함께 던전은 날아갔다.

　어떤 저항도 허락되지 않았고 사고할 틈조차 주어지지 않았다.

　인간으로 따지자면 배가 터졌고, 그대로 수직으로 목에서 뇌까지 무시무시한 에너지가 관통하여 그 몸을 멸했다.

예상도 못 했을 것이다.

불쌍하게도 죽는 모습을 누구에게도 보이지 못한 채 던전은 조용히, 그리고 완전히 없어졌다.

던전 내부는 세이이치가 날린 공격의 여파만으로 일소되었다.

벽도 천장도 바닥도 마물도.

어떤 것도 방해가 되지 못한 채 그저 사라졌다.

하지만 어째선지 뱀신이나 아나콩처럼 세이이치와 아는 사이가 된 마물들에게는 아무런 영향도 없었다.

아나콩과 그 동료인 뱀 마물들, 그리고 뱀신을 특수한 베일이 감싸서 충격파로부터 보호했기 때문이다.

『이, 이건…….』

돌연 베일이 몸을 감싸고 던전이 구속하던 힘이 갑자기 사라져서 뱀신은 깜짝 놀라 눈을 크게 떴다.

한편 아나콩 일행은 세이이치와 헤어진 뒤 출구로 향하고 있었는데 알 수 없는 베일이 나타나고 던전이 붕괴돼서 깜짝 놀랐다.

『다들 괜찮아?!』

『괘, 괜찮습니다, 누님!』

『이거 굉장한데요?! 무슨 일이 일어나고 있는 거죠?!』

『내가 알 리 없잖아! 뭔지 모를 이 베일 덕분에 괜찮은 것 같지만 경계를 늦추지 마!』

『네! 죽고 싶진 않으니 말이죠!』

『맞아, 맞아! 누님은 예뻐져서 다시 한 번 형님과 만날 거 니까요!』

『『『휘유! 뜨겁네요!』』』

『……너희들을 감싼 베일만 없어지면 딱 좋겠는데.』

『『『죄송합니다아아아아아아!』』』

마치 세계가 의사를 가진 것처럼…… 아니, 실제로 세계가 세이이치를 생각해서 뱀신과 아나콩 일행을 보호한 것이지만 그 사실을 아는 자는 어디에도 없었다.

하지만 던전을 날려 버린 세이이치의 공격은 그것만으로 끝나지 않았다.

오히려 던전 따위는 그저 진로상에 있던 것에 불과하다는 듯 참격의 위력은 줄지 않은 채 쭉쭉 뻗어 나갔다.

먼저 던전 위에 있던 주변 나무들이 흔적도 없이 사라졌고 마물도 동시에 없어졌다.

원래는 근처에 있는『바바드르 마법 학원』에도 피해가 가야 했지만 그것도 세계가 신경을 써서 세이이치가 날린 참격의 충격파를 최소한에 그치게 했다.

물론 세계는 세이이치의 참격을 직접 받아 낼 수 없었다.

하지만 다소 무리하면 충격파를 억제할 수는 있었다.

그런 세계의 노력 덕분에【마신교단】의 데미오로스가 숨어 있는 숲 일부가 날아가는 것으로 끝났다. 하지만 참격의 위력이 떨어진 것은 아니었다.

세계가 이토록 노력하는 것도 간단히 세계를 멸망시킬 수 있을 터인 세이이치가 세계 멸망급 마법이나 물리 공격을 별로 쓰지 않기에, 앞으로 조금이나마 스트레스를 받아 세계에 피해가 미치면 안 되니까, 이 기회에 스트레스를 발산하게 하자는 노림수였지만 그런 사실을 모두가 알 리 없었다.

세계 자신이 이것저것 노력하는 가운데, 재해급을 넘어 마신만 없다면 정상급 위협인【용신제(龍神帝)】가 심심풀이로 어떤 나라를 멸망시키려고 날아가다가 우연히 상공을 돌진하는 세이이치의 참격 진로와 겹치면서 영문도 모른 채 사라지고 말았다.

【용신제】를 멸한 참격은 쉽사리 대기권을 넘어 그대로 우주로 뻗어 나갔다.

진로상에 있던 생명체 없는 행성과 별들을 없애며 나아가자 우주선이 나타났다.

지구의 로켓과는 다른 그 우주선은 굳이 따지자면 샤프한 디자인의 미래 전함 같은 인상이었다.

그런 우주선 안에서 은색 피부와 거대한 칠흑색 눈을 가진 외계인들이 대화하고 있었다.

『선장님. 이 근처에 아무래도 지적 생명체가 존재하는 별이 있는 것 같습니다.』

선내 조종실에 있는 3D 홀로그램형 특수 장치를 외계인이 가리켰다.

특수 장치에 나타난 것은 지금 세이이치가 사는 별이었다.

『호오? 이런 외진 곳에도 역시 생명체는 있었나……. 흥, 이 거리에서 우리를 알아차리지 못하는 것을 보면 매우 저열한 문명을 지닌 원시인들이겠지. 좋아, 우리의 식민지로 삼아 지배를—.』

외계인의 말은 이어지지 않았다.

왜냐하면 그 우주선을 세이이치의 참격이 순식간에 집어삼켰기 때문이다.

의도치 않게 세이이치가 있는 별을 노렸던 외계인은 아무것도 모른 채 사라졌다.

결과적으로 세이이치 덕분에 별의 위기는 사라졌다.

하지만 그러고도 세이이치의 참격은 멈추지 않았다.

오히려 우주의 수수께끼 파워 등등을 흡수하여 점점 위력이 커졌다.

계속 나아가다가 빛조차 내지 못하게 된 이른바 【죽은 행성】 근처를 우연히 지나게 되었고, 알 수 없는 거대한 에너지를 받은 행성은 다시 격렬하게 타오르며 되살아났다.

그 별은 태양계의 태양 같은 역할을 했는데, 별이 되살아난 덕분에 주변 행성에 사는 지적 생명체는 다시 찾아온 온기에 감읍했다.

세이이치가 모르는 곳에서 점점 우주 생태를 바꿔 나가던 힘은 마침내 터무니없는 장면과 조우했다.

태양 따위보다 몇백 배…… 몇천 배는 더 큰 이형의 괴물과 대치하는 형태로 무수한 우주 전함이 떠 있었다.

그 우주 전함 군단의 선두에는 미래적인 갑옷을 입은 인간형 외계인이 무기를 들고 있었다.

『스페이스 대왕! 네게는 우주를 넘기지 않겠다!』

『하하하하하! 위세 한번 좋구나, 우주 용사들이여! 하찮은 네놈들이 뭘 할 수 있지?』

『나 혼자서는 무리여도 이곳에는 동료들이 있어! 너로 인해 고향별을 잃은 자들도! 다시는 그런 비극이 일어나지 않도록 우리는…… 【우주 대연합군】은 너를 쓰러뜨린다!』

우주 용사라고 불린 자의 말을 듣고 스페이스 대왕은 관심 없다는 듯 대답했다.

『아무것도 못 할 것이다. 네놈들은 그저 내가 가지고 노는 장난감일 뿐이야. 약자인 것이 죄지. 나로 인해 고향별을 잃었다고? 당연한 일 아닌가. 전 우주에서 최강인 나는 절대적 존재다. 네놈들이 약한 게 잘못이야.』

『너 이 자식……!』

『약자는 약자답게 나의 장난감이ㅡ.』

매우 여유롭게 우주 용사들에게 말하던 스페이스 대왕에게 세이이치의 참격이 도달했다.

지금 참격의 크기는 태양과 같았지만 태양보다 압도적으

로 큰 스페이스 대왕에게는 인간으로 치면 벼룩 정도의 크기일 뿐이었다.

하지만 그렇게 극히 작은 세이이치의 참격을 맞은 스페이스 대왕은— 날아갔다.

『허?』

우주 용사도 【우주 대연합군】도 영문을 알 수 없었다.

아니, 가장 어리둥절한 것은 스페이스 대왕이리라.

하필이면 강자니 약자니 논하던 와중에 영문도 모른 채 존재가 사라졌다.

스페이스 대왕은 몰랐다.

강자니 약자니 따지는 것이 바보 같아지는 존재가 있음을…….

스페이스 대왕과 충돌하면서 마침내 세이이치의 참격도 소멸했다.

우주 용사들은 얼떨떨한 모습이었다.

하지만 조금 전까지 우주 전체를 지배하던 압도적인 힘이 사라지고 스페이스 대왕이 소멸했음을 이해한 그들은 일제히 환호성을 질렀다.

『우와아아아아아아아아아아!』

『해냈어, 해냈다고!』

『이제 그 녀석의 영향력을 두려워하지 않아도 돼!』

『무슨 일이 일어난 건지 모르겠지만…… 고향별을 잃은 우리의 손으로 죽이고 싶었는데. ……하지만 그게 불가능하다는 것도 알고 있었어. 오히려 우리가 전멸할 가능성도 있었지……. 우, 으으…… 정말로 다행이야……. 지금은 그저 우리가 무사하다는 게…… 기쁠 따름이야……!』

각자 얼싸안고 환희하며 기쁨의 눈물을 흘렸다.

대체 누가 스페이스 대왕을 없앴는가.

그것을 아는 자는 없었다.

—이렇게 세이이치는 또 의도치 않게 별을 넘어 전 우주를 구하고 말았다.

◆　◇　◆

나는 천장을 포함해 위층 전체를 날려 버렸다.

심지어 그때 발생한 충격파로 던전 각층의 마물들도 날아갔다.

……뱀신과 아나콩이 아직 이 던전에 있겠지만, 내가 해악이라고 생각하는 자에게만 공격을 가하는 세이이치 마법【저지먼트】를 블랙과 화이트에 휘감았으니 내 공격을 맞지는 않았을 것이다. ……그랬으면 좋겠다.

그럴 바에야 그냥 직접【저지먼트】를 쓰라고 생각하겠지만…… 뭐…… 마법보다 물리가 당기는 날도 있잖아! ……뭐? 없다고? 아, 그러세요…….

천장을 넘어 지상의 나무들을 쓰러뜨리는 데서 그치지 않고 푸른 하늘에 뜬 구름조차 날려 버리는 내 참격을 보고서 동료들은 「무…… 무슨……?!」 하며 입을 쩍 벌리고 놀랐다.

"오~ 쾌청하네!"

"너무 태평하잖아?!"

구멍이 뻥 뚫린 위쪽을 보면서 상쾌한 기분을 느끼고 있을 때 알이 태클을 걸었다.

"넌 어떻게 돼먹은 거야?! 주변에 분명 나무들이 있지 않았어?! 던전의 벽과 천장을 날려 버린 것도 모자라서……!"

뭐, 알의 기분도 이해가 갔다. 사실 나도 예상외였다.

괴물이 됐다고 생각은 했었지만 이토록 깔끔하게 날아가 버릴 줄은 몰랐다. 던전 천장이 약했나 보네.

손으로 햇빛을 가리며 위를 바라보고 만족한 나는 조라에게 고개를 돌렸다.

"자, 이게 푸른 하늘이야."

"아—."

뻥 뚫린 구멍으로 보이는 맑디맑은 푸른 하늘을 조라는 멍하니 바라보았다.

그리고 조용히 눈물을 흘렸다.

"이게…… 하늘……."

"그래. 예쁘지?"

"……네. 정말 예뻐요……."

조라는 꿈꾸듯 하늘을 올려다보며 중얼거렸다.

"……어쩌면 어릴 적에 본 적이 있을지도 몰라요. 하지만 그때 봤던 하늘은 결코 선명하지 않았던 것 같아요. 이토록 예쁜 하늘이라니……."

조라는 고개를 숙여 눈물을 닦고 다시 하늘을 올려다보았다.

"세계는…… 이렇게나 넓었군요."

"맞아. 세계는 넓어. 이런 어두운 곳 너머에는 나도 아직 보지 못한 세계가 펼쳐져 있어……. 그리고 우리는 그걸 봐도 돼. 왜냐하면 이 세계는 누구의 것도 아니니까."

"……네."

조용히 고개를 끄덕이는 조라를 보며 나는 웃었다.

"그럼 같이 가자."

"예?"

"최종적으로 조라의 마음에 달렸지만, 모르는 세계를 함께 둘러보자."

"함께…… 세계를……."

멍하니 중얼거리는 조라에게 사리아가 안겼다.

"응, 같이 가자! 혼자 보는 것도 즐겁겠지만 역시 많은 사람과 감동을 공유하는 게 더 즐거울 거야!"

"그렇지…… 사리아 말이 맞아. 나는 모험가로 활동하고 있지만 체질 때문에 멀리 나가고 싶어도 그러지 못했었어……. 하지만 세이이치 덕분에 지금은 여러 장소에 내 뜻대로 갈 수 있어. 그러나 나는 혼자가 아니라 동료들과 함께 둘러보는 게 더 행복해."

알도 사리아의 말에 이어 다정하게 고했다.

"조라 씨. 당신은 앞으로 세계를 즐기면 됩니다. 스승님과 함께라면 그게 가능할 겁니다."

"맞아. 이 세계에서 살아가고 있으니 이 세계에 절망하지 않았으면 좋겠어. 네가 생각하는 것보다 이 세계는 아름답고 멋져."

"맞아, 뱀 아가씨. 세상에는 훌륭한 요리가 가득해! 그걸 모르고서 지내는 건 모든 면에서 손해야!"

"……웬일로 멋진 말을 하는구나, 루루네."

"주, 주인님?!"

모든 면에서 손해인지는 모르겠지만 확실히 요리는 세계를 즐기는 방법 중 하나이긴 했다. 그런 생각을 하고 있으니 오리가가 조라에게 다가가 고개를 들고 손을 내밀었다.

"……같이 가자."

"……네!"

조심스러웠지만 조라는 분명하게 오리가의 손을 잡았다.

그 광경을 보며 홀로 훈훈함을 느끼고 있는데 돌연 머릿속에 목소리가 울렸다.

『레벨이 오르셨습니다.』

……어?

양 씨, 재래

레벨이…… 올랐어?

모처럼 온화한 기분을 느끼고 있었는데 그 무자비한 한마디에 내 마음은 단숨에 식었다.

……아니, 진정해. 아직 터무니없는 결과가 될 거라고 정해진 건 아니잖아. 뭐, 지금까지 레벨이 오르면 터무니없는 일이 벌어졌지만!

갑자기 표정이 죽어 버린 나를 눈치챈 알이 의아해하며 물었다.

"응? 왜 그래? 세이이치."

"……그게, 레벨이 오른 모양이라……."

"너, 더 강해지는 거야?!"

내가 묻고 싶어! 내 몸아, 가르쳐 줄래? 너는 어디로 가고 있니?

아무튼 한탄하고 있어 봤자 소용없기에 냉큼 스테이터스를 확인했다.

그러고 보니 오랜만이네~ 하고 생각하면서 확인하니 스테이터스는─.

【히이라기 세이이치 님】

레벨업, 축하드립니다.

순조롭게 강해지고 계신 듯하여 저도 대단히 기쁩니다.

그러나 세이이치 님의 스테이터스를 표시하다니 지금의 제게는 너무나 황공하여 불가능합니다.

정말로 죄송합니다.

부디 한심한 저를 용서해 주십시오.

―하지만 저는 포기하지 않겠습니다.

지금은 불가능해도 앞으로 어디선가 세이이치 님의 스테이터스를 표시할 수 있도록 수행을 떠납니다.

찾지 말아 주세요.

언젠가 성장한 제가 세이이치 님의 스테이터스를 표시할 날을 조금이라도 기다려 주신다면 좋겠습니다.

세이이치 님이 한층 더 활약하시기를 기도합니다.

그럼 언젠가 다시 뵐 그 날까지 안녕히 계십시오.

◆ ◇ ◆

여행을 떠났다.

"어째서어어어어어어어어어!"

스테이터스 컴배애애애애애애애애애애액!

스테이터스가 스테이터스 표기를 포기하다니 이게 뭐야?! 설마 스테이터스가 존댓말로 바뀌는 것보다 심해질 줄은 생각도 못 했어!

아니, 이게 아니라! 돌아와 주지 않을래?! 진짜 어디 간 거야!

어떻게 생각해도 이상하잖아! 이상하지?! 이제 나 자신을 못 믿겠어!

터무니없는 결과를 두려워하긴 했지만 이렇게까지 심할 줄은 예상 못 했다고!

감정이 이끄는 대로 외치며 태클을 거는 나를 동료들은 깜짝 놀라 쳐다보았다.

"세이이치? 왜 그래?"

"스테이터스가…… 가출했어…….."

『뭐?』

전원의 목소리가 일치했다.

나도 똑같이 반응하고 싶어! 하지만 당사자라서 그럴 수 없어! 울어 버린다?

얼떨떨해하던 동료들은 이윽고 다들 납득하여 고개를 끄덕였다.

"그렇구나…… 하지만 세이이치니까!"

"……세이이치의 스테이터스, 무리하고 있었구나……. 아니, 잠깐만. 스테이터스에 자아가 있었어?!"

"과연…… 주인님의 위대함에 마침내 스테이터스마저 포기한 거군요!"

"……세이이치 오빠. 그건 역시 보통이 아니야……. 하지만 납득해 버렸어."

"스승님. ……어떻게 하면 그 경지까지 갈 수 있습니까? 스승님을 따라잡는 미래가 제게는 보이지 않습니다……."

"세이이치. 나, 잘 알았어. 【마신교단】은 매우 위험한 조직이라고 생각했었어. ……하지만 지금 세이이치를 보니까 마신이 불쌍해졌어."

"어? 어? 자, 잘 모르겠지만…… 아무튼 대단하네요?"

"납득하지 말아 줘어어어어어어어!"

특히 사리아! 그거 아무런 근거가 안 돼!

모두가 납득해 버리자 조라도 그런가 보다고 납득하고 말았다.

정신적으로 박살이 나서 굉장히 힘들지만, 그런 상황에서 나는 조라에게 이름을 밝히지 않았음을 깨달았다. 현실에서 도피하고 싶어서 그래!

"아…… 그러고 보니 이름을 아직 안 말했지?"

"아, 네! 다른 분들의 이름은 이 안경을 만드시는 동안 들었어요."

"그래? 그럼 정식으로 소개할게. 나는 히이라기 세이이치.

세이이치라고 불러 줘."

"네! 세이이치 씨군요!"

아까까지와는 달리 생기 넘치는 조라의 표정을 보니 황폐해졌던 내 마음이 조금 치유되었다.

"—아뇨, 아뇨, 좀 더 치유해 드리도록 하죠!"

『웃?!』

돌연 목소리가 들렸다.

동료들은 곧장 무기를 들고 경계했지만 나와 사리아는 들은 적이 있는 목소리였다.

"어라? 이 목소리는……"

"서…… 설마……?!"

전전긍긍하는 내 앞에 그 녀석— 양이 나타났다.

"오랜만입니다! 모두가 사랑하는 양 씨입니다. 자, 마음껏 치유받으세요."

"벌써부터 짜증나아아아아아아아아아아!"

의기양양한 얼굴로 이쪽을 보는 연미복과 실크햇 차림의 양에게 나는 전력으로 그렇게 말했다.

모처럼 치유됐다고 생각했는데! 단숨에 넌더리가 나 버렸어!

예상치 못한 정신적 추격타에 고개를 숙이고 있자 알이 깜짝 놀라며 물어봤다.

"뭐야? 세이이치와 사리아랑 아는 사이야?"

"응, 맞아! 양 씨라고 해~!"

"응응, 변함없이 사리아 아가씨는 사랑스러우시군요. 그에 비해 세이이치 님은…… 마침내 스테이터스도 도망쳐 버렸나요. 응응, 변함없이 인간이 아니시군요."

"어째서 그렇게 상처를 후벼 파는 거야?! 그보다 스테이터스가 여행 떠난 걸 어떻게 아는 거야?!"

"조금 전까지 그 모습을 바라보며 자지러지게 웃고 있었으니까요."

"여전히 성격 나쁘네!"

전혀 안 변했어! 오히려 안심했지만!

우리가 대화하는 모습을 보던 알이 어색하게 웃었다.

"뭐, 뭐랄까…… 굉장히 성깔 있는 녀석이네."

"이야~ 쑥스럽네요."

"칭찬한 거 아니야!"

이 녀석의 머릿속 변환 기능은 어떻게 돼먹은 거야?!

"세이이치 님 때문에 서론이 길어졌는데, 슬슬 본론에 들어가겠습니다."

"나 때문이야?!"

"네, 이제 그만하죠."

이 녀석, 반드시 때려 주겠어.

"사리아 아가씨와 세이이치 님은 제가 온 것을 보고 어렴풋이 눈치채지 않으셨나요?"

"어? 아…… 확실히 네가 오는 건 던전을 진정한 의미에서 답파했을 때였지?"

"맞습니다. 하지만 진정한 의미에서 답파할 수 있는 것은 잔류 사념이 남은 던전뿐……. 원래대로라면 저는 이 던전에서 나오지 않았을 겁니다."

"응? 그래?"

그러고 보니 확실히 진정한 의미에서 답파할 수 있는 던전은 잔류 사념이 어쩌고저쩌고했었지.

그러자 양은 조라에게 시선을 보냈다.

"예. 원래 이 던전은 마력에 의해 생겨난 자연 던전이지만, 거기 계신 조라 님과 뱀신님이 봉인된 결과, 이 던전 자체가 자아를 가지기까지 성장했습니다."

"흐응……. 하지만 조라와 뱀신은 살아 있고, 잔류 사념 같은 건 없잖아?"

내가 그렇게 묻자 양은 손가락을 흔들었다.

"홋…… 안이하시군요? 세이이치 님."

"뭐?"

"확실히 던전의 보스가 잔류 사념의 소유주인 경우가 많다고 말씀드리긴 했지만, 다른 존재의 잔류 사념인 경우도 없지는 않습니다. 그리고 이 던전에는 뱀신님과 조라 님을 봉인한 뱀족들의 잔류 사념이 많이 남아 있었죠. 원통함 같은 종류가 아니라, 몹시 강력한…… 그야말로 저주에 가까운 증오의 사념이었습니다. 그렇기에 진정한 답파가 가능한 던전으로 변모한 겁니다."

"그, 그렇구나⋯⋯."

조라는 뱀족의 잔류 사념⋯⋯ 그것도 증오라는 말을 듣고 슬픈 표정을 지었다.

증오의 내용이 무엇이든 간에, 뱀족과 가족에게 좋은 추억이 없으니 어쩔 수 없지.

그런 생각을 하고 있으니 양은 어이없어하며 말했다.

"하아⋯⋯ 그건 그렇고 세이이치 님은 여전히 터무니없으시군요."

"어? 뭐, 뭐가 터무니없어."

짚이는 구석은 아주 많지만.

"아시겠습니까? 이 던전은 진정한 의미에서 답파가 가능해지긴 했지만 실현은 불가능했습니다."

"엥?"

양의 말에 나는 얼빠진 목소리를 냈다.

불가능했다니? 하지만 답파했으니까 이 짜증나는 양이 있는 거잖아?

"진정한 던전 답파는 잔류 사념의 원통함을 풀어 줘야 합니다. 하지만 조금 전에도 말씀드렸듯이 이 던전의 잔류 사념은 뱀족의 증오입니다. 그 증오를 해소하는 건 도저히 불가능한 일이잖아요?"

"그야⋯⋯ 그렇지⋯⋯."

"그럼 어떻게 가능했는가…… 던전이 날아가 버리면 관계가 없으니까요."

"꼬, 꼭 그렇다고 할 수는 없지 않을까?!"

양의 말에 내 시선은 마구 방황했다.

"아뇨, 어떻게 생각해도 이상하잖아요? 본래 부술 수 없을 터인 던전을 부쉈을 뿐만 아니라 그 잔류 사념까지 통째로 날려 버리다니. 심지어 조라 씨처럼 몇 명은 던전을 부수기 전에 던전의 구속에서 해방했고. 슬슬 『인간』을 사칭하는 건 그만두시죠."

"그렇게 말하지 마아아아아아아아아아!"

내 정신은 이미 곤죽이야! 너무 두드려 패잖아! 나도 『인간』이라고는 생각 안 하지만 스테이터스에— 그 스테이터스가 가출했지이이이이이이!

양의 말에 머리를 싸매는 나를 무시하고 양은 이야기를 계속했다.

"뭐, 거기 계신 자칭 인간님에 관해서는 넘어가기로 하죠. 아무튼 이렇게 진정한 던전 답파가 이루어진 것은 대단히 기쁜 일이니까요."

"그럼 나한테 이렇게까지 말할 필요 없지 않아?!"

"어라. 그걸 눈치채다니 똑똑하시군요."

"좋아, 이 꽉 다물어어어어!"

"히이이이익! 폭력 반대! 반대합니다!"

손가락을 뚜둑거리며 다가가자 양은 과장되게 반응했다.

이 녀석, 분명 바보 취급하고 있어.

"자, 진정하세요. ……여하튼 루티아 님."

"어? 나, 나 말이야?"

갑자기 불린 루티아가 깜짝 놀랐다.

"예, 루티아 님. 이 던전은 특수하지만, 당신과 관련이 있는 던전…… 아버님과 세이이치 님도 방문했었던 흑룡신님의 던전은 진정한 던전 답파가 가능합니다. 진정한 던전 답파가 이루어지면…… 루티아 님의 아버님과 흑룡신도 해방될 겁니다."

"그, 그게 정말이야?!"

루티아는 눈을 크게 뜨고 양에게 바싹 다가갔다.

"예, 그럼요. 저는 신사니까요. 거짓말은 안 합니다. 그런 루티아 님을 포함하여 여러분에게 정보를 제공하겠습니다."

"정보?"

"네."

싱긋 웃은 양은 우리에게 이렇게 말했다.

"―조만간 두 던전이 진정한 의미에서 답파될 겁니다."

"두 던전이……?"

"네. 심지어 한 곳은 조금 전에 말씀드린 흑룡신님의 던전이죠."

"흑룡신?!"

흐응. 흑룡신 던전이 진정한 의미에서 답파되는 건가…….

……응?! 아니, 아니, 잠깐만. 그 녀석 살아 있었어?! 그냥 넘길 뻔했지만 꽤 중요한 내용이지?!

"흑룡신 던전이 진정한 의미에서 답파되면 어떻게 되는데?"

"그러네요…… 흑룡신님이 던전의 구속에서 풀려나 자유롭게 밖을 돌아다닐 수 있게 된다고 할까요? 그래서 루티아 님도 언젠가 밖에서 만날 수 있을 겁니다."

"……그렇구나……. 참고로 누가 답파할 것 같아?"

"으음…… 원래는 규칙 때문에 이 이상은 말씀드릴 수 없지만, 이왕 이렇게 된 거 이번 답파 보상으로 가르쳐 드리겠습니다."

아, 그러고 보니 진정한 의미에서 던전을 답파하면 뭔가 받을 수 있었지. ……저번에 나는 헬멧을 받았지만 말이야!

"뭔가 불온한 기운이 느껴지지만, 뭐, 좋겠죠. 흑룡신님의 던전을 답파하는 사람은 제아노스 님과 루시우스 님입니다."

"아아! 제아노스 씨랑 루시우스 씨구나!"

"……세이이치가 저번에 명계에서 데려온 두 사람인가…….
근데 명계에서 데려왔다는 표현, 직접 말로 하니까 엄청나네."

"그 두 분은 지금 스승님의 부모님과 함께 행동하고 계시죠? 전 용사의 스승과 초대 마왕……."

"예. 그 두 사람입니다. 흑룡신님 던전의 진정한 답파 조건은 초대 마왕인 루시우스 님을 데려가는 것이거든요. 죽은 사람을 데려가는 것은 원래 불가능하지만…… 명계에서 데리고 돌아오다니 얼마나 비상식적인 건가요?"

"그건 나도 자각하고 있어."

"……그렇다면 됐습니다. 아무튼 그 두 사람이 던전에 도전하는 모양이니 조만간 진정한 의미에서 답파될 겁니다."

"그렇구나……. 그럼 다른 한 곳은?"

흑룡신 던전은 알았고 또 어떤 던전이 답파되는 걸까.

나는 이곳과 흑룡신 던전, 그리고 【끝없는 비애의 숲】밖에 모르니까 말해 줘도 어딘지 모르겠지만…… 역시 궁금하단 말이지.

그러자 양은 진지한 표정으로 고했다.

"마신님의 던전입니다."

『……?!』

우리는 말문이 막혔다.

"마, 마신의 던전?"

"그렇습니다. 즉, 조만간 마신이 부활할 겁니다."

"뭐라고?! 어이, 양 씨라고 했나? 너는 그걸 저지할 수 없는 거야?!"

알이 그렇게 양에게 따지자 양은 천천히 고개를 가로저었다.

"……아쉽게도 무리입니다. 제 역할은 던전 관리…… 던전을 휘젓는 짓은 할 수 없습니다."

"그럴 수가……. 그, 그럼 최소한 장소만이라도……!"

그래. 장소라도 알면 저지할 수 있을지 모른다.

그렇게 생각해서 물어봤지만 양은 또다시 고개를 가로저었다.

"……그건 알려 드릴 수 없습니다."

"어째서?!"

"이것도 규칙인데…… 애초에 현재 마신님의 던전은 이 세계에 없습니다."

"……뭐?"

의미를 알 수 없는 양의 말에 무심코 그렇게 반문했다.

"원래는 이 세계에 있었습니다. 하지만 【마신교단】이라고 불리는 조직이 마신님의 던전을 이 세계에서 떼어 내어 다른 공간으로 전이시켰습니다. ……저는 이 세계에 없는 던전을 관리할 수 없으므로, 설령 장소를 알려 드리는 것이 허락되었더라도 애초에 장소를 모릅니다."

『……..』

우리는 그저 입을 다물 수밖에 없었다.

하지만 그런 어두운 분위기를 날려 버리는 것처럼 양이 밝게 말했다.

"……그러나 흑룡신님의 던전 답파보다는 나중일 겁니다. 「조만간」이라고 말씀드렸지만 다른 던전과 비교해서 그렇다는 거니까요. 물론 서두르는 편이 좋겠지만, 지금 당장은 아니어도 괜찮습니다."

"그런가……. 뭐, 어쨌든 그 마신의 던전을 찾아야 지지든 볶든 할 수 있겠지."

뭔가 귀찮은 일을 벌이는구나.

그 녀석들, 아무튼 기분 나쁘다니까.

알 수 없는 힘을 사용하고, 부정적인 감정이 어쩌고저쩌고하면서 덮치고…… 좋은 구석이 없어!

"아무튼 이렇게 수는 대단히 적지만 던전이 진정한 의미에서 답파될 것 같습니다."

그렇게 양의 이야기를 듣는데 갑자기 루티아가 진지한 표정으로 입을 열었다.

"……양 씨, 라고 하면 될까?"

"예, 그렇게 불러 주십시오."

"고마워. ……우리 아빠는 던전에 봉인되어 있어……. 너는 던전을 진정한 의미에서 답파하면 봉인에서 해방된다고 했어. 그럼 진정한 의미에서 해방되는 조건은 뭐야?"

"그렇군요, 그렇군요…… 그게 궁금하십니까?"

"물어보면 안 돼?"

불안한 표정으로 그렇게 묻는 루티아를 보고서 어째선지 양은 의미심장하게 나를 보았다.

"그러네요…… 조금 전에 알려 드린 정보와는 별개로 던전의 답파 보상을 준비했지만, 그 보상을 포기하신다면 정보를 드리겠습니다. 어떠십니까?"

아, 이 녀석 얄미운 소리를 하네.

……하지만 솔직히 나는 던전의 답파 보상에 별로 관심이 없단 말이지……. 【끝없는 비애의 숲】에서 『진화의 열매』를 손에 넣은 것처럼 보상이 엄청나다면 이야기가 또 다르겠지만.

"나는 딱히 상관없어. 루티아에게 중요한 정보일 테고."

"나도 괜찮아!"

"난 애초에 세이이치를 따라온 거니까. 판단은 전부 세이이치에게 맡기겠어."

"스승님. 저도 스승님의 의향을 따르겠습니다."

알과 루이에스도 그렇게 말해 줬다.

루루네와 오리가, 그리고 뭐가 뭔지 모르는 조라는 애당초 이 이야기에 관여할 마음이 없는 듯했다. 오리가는 하품하고 있고…….

"……정말로…… 그래도 돼?"

루티아가 매우 불안해하며 말했지만 정말로 문제없었다.

"응. 사양하지 마."

"……알겠어. 고마워. 양 씨, 그 정보를 가르쳐 줄래?"

"알겠습니다."

양은 공손하게 인사하고서 씩 웃었다.

"그 던전에 세이이치 님을 데려가면 만사 해결이죠."

"무슨 정보야, 그거?!"

너무 대답이 대충이라 나는 무심코 태클을 걸었다.

하지만 양은 신경 쓰지 않고 말을 이었다.

"저는 매우 진지합니다. 던전의 구속에서 해방할 수 있는 데다가 던전을 날려 버릴 수 있는 분이 뭘 새삼스럽게."

"그렇긴 하지만! 그렇지 않다고 할까…… 그렇잖아?!"

"저야 모르죠."

"젠자아아아아아아아아앙!"

답파 보상을 사절하고 손에 넣은 정보가 「내가 가면 된다」라니…… 그런 거 인정하고 싶지 않아! 하지만 어떻게든 될 것 같기도 해서 정말 어쩔 도리가 없어.

내가 머리를 싸매자 루티아는 더욱 불안한 표정으로 나를 보았다.

"세이이치……."

"아…… 응. 루티아네 아빠가 던전에 봉인되어 있고 내가 가면 해결되는 거지? 어떻게 해결하면 좋을지는 가 봐야 알겠지만……."

"응……."

"좋아, 가자."

"어? 저, 정말 괜찮아?"

"지금 당장 갈 수는 없지만 반드시 갈 거야. 그리고 루티아네 아빠를 해방하자. 알겠지?"

"응…… 고마워……!"

"아직 해방할 수 있다고 확정된 건 아니니까 감사 인사는 안 해도 돼."

"무슨 잠꼬대를 하시는 건가요? 세이이치 님이 가시면 강제로 해결할 수 있습니다. 고릴라 부인이 많은 『고릴라 최애』니까 말이죠#2."

"두 번 다시 입 열지 마!"

불안해하는 루티아의 머리를 쓰다듬고 있는데 양이 그런 말을 했다. 살짝 괜찮은 말장난이라고 생각해 버렸잖아!

"하하하하하! 아무래도 세이이치 님은 정말로 변함없으신 것 같아서 안심했습니다."

"그러냐…… 나도 네가 변함없이 짜증나서 안심……은 안 되네."

"그렇습니까? 아쉽군요. ……그럼 저는 슬슬 실례하겠습니다."

그렇게 말하더니 양은 실크햇을 벗고 손에 들고 있던 스틱으로 지면을 가볍게 두드렸다.

"이미 이곳은 세이이치 님의 힘으로 던전조차 아니게 되었습니다. 따라서 밖으로 전이시켜 드릴 수는 없지만…… 세이이치 님이라면 나가실 수 있겠죠?"

"뭐, 그렇지."

"좋습니다. 그럼 제가 떠나겠습니다. ……아 참, 그렇지, 세이이치 님."

#2 세이이치 님이~ 고릴라 최애」니까 말이죠 「강제로」와 「고릴라 최애」가 일본어에서 고리오시로 같은 발음인 것을 사용한 말장난.

"응?"

양의 발밑에 마법진 같은 것이 빛나기 시작했을 때, 뭔가를 떠올린 양이 입을 열었다.

"아무래도 스테이터스가 도망친 모양이지만 칭호 등은 변함없이 볼 수 있을 겁니다. 그러니 칭호와 아이템 박스를 확인해 보세요."

"뭐? 칭호는 알겠는데…… 아이템 박스에 뭔가 있어?"

내가 묻자 양은 히죽 웃었다.

"글쎄요. 직접 보시기 바랍니다."

"어?"

"그럼 안녕히!"

결국 자세한 내용은 아무것도 말하지 않고서 양은 우리 앞에서 떠났다.

"……뭐랄까, 정말로 개성이 강한 녀석이었어."

"응…… 난 정신적으로 지쳤어……."

"그건…… 그게…… 기운 내라."

알이 조금 쭈뼛거리면서도 내 머리를 쓰다듬어 주었다. ……부끄럽지만 기뻐.

"후우…… 그럼 돌아가자고 하고 싶지만, 양이 했던 말이 신경 쓰이니까 잠깐 칭호랑 아이템 박스를 확인해도 될까?"

"응, 괜찮아~!"

"어차피 이제 돌아가기만 하면 되니까요. 그럼 저희는 조라 씨와 이야기하고 있겠습니다."

동료들은 그렇게 말하고 조금 떨어진 위치에서 조라와 담소를 시작했다.

······루이에스는 몰라도 사리아는 내가 칭호 등으로 이것저것 정신적 대미지를 받을 것을 알 테니 신경 써 준 걸지도 모르겠네.

그런 생각을 하며 양이 말한 대로 칭호 칸을 찾았다.

그러자 확실히 양이 말했던 것처럼 레벨과 공격력 같은 스테이터스는 도망쳤지만 칭호는 제대로 볼 수 있었다. 스테이터스에 무슨 부서 같은 거라도 있는 거야? 보통은 통틀어서 스테이터스라고 하지 않아?

생각해 봤자 알 수 없기에 대충 훑어보니 내가 모르는 칭호가 몇 개 있었다.

그것은―.

『던전 딜리터』······던전을 파괴하는 것이 아니라 날려 버린 자에게 주어지는 칭호. 던전은 보통 부술 수 없습니다. 하물며 날려 버리는 것은 당치도 않습니다.

『보스의 천적』······온갖 강력한 존재의 천적인 자에게 주어지는 칭호. 당신 앞에서 보스는 부스러기가 된다. 보스 계통으로 분류되는 적대자와 싸울 때 스테이터스가 배로 증가.

『별의 위기를 구한 자』······우주에서 온 침략자를 쓰러뜨리고 이 별을 구한 자에게 주어지는 칭호.

『온 우주의 구세주』……온 우주의 구세주에게 주어지는 칭호.

『어쩌다 구세주』……약간의 착오로 다양한 존재를 구한 자에게 주어지는 칭호. 어쩌다 실수했을 때 전부 좋은 방향으로 일이 움직인다.

무슨 일이 일어난 거야아아아아아아아아아?!

우선 『던전 딜리터』! 보통은 던전을 부술 수 없다고? 부서지던데! 아주 깔끔하게 날아갔어!

근데 『보스의 천적』은 너무하지 않아?! 보스는 엄청나게 강하고 위험해서 보스인 거잖아?! 그게 부스러기라니…… 이제 나도 모르겠어!

『별의 위기를 구한 자』라니 어디서?! 나는 언제 어디서 별의 위기를 구한 거야?! 내가 모르는데 이런 칭호를 줘도 곤란하거든요?!

심지어 『온 우주의 구세주』라니! 별의 위기만 구한 게 아니야?! 대체 어디서 온 우주를 구하는 사태가 됐던 거야?! 이 별도 온 우주도 위험한 상황이었던 거야?! 영문을 모르겠어!

그리고 마지막 『어쩌다 구세주』…… 어? 뭐야? 다른 칭호랑 같이 출현한 걸 보면 어쩌다 실수로 온 우주를 구해 버린 거야? 그렇게 간단히 구해 버릴 만한 위기였어? 누가 좀 가르쳐 줘어어어!

아무리 힘껏 한탄해도 누구도 내게 답을 가르쳐 주지는 않았다. 젠장!

이미 칭호만으로도 벅찬 상태에서 양이 말했던 아이템 박스를 확인하려고 하니 굉장히 불길한 예감이 들었다.

하지만 확인하지 않으면 아무것도 알 수 없고…… 에잇, 보자!

"……."

아이템 박스를 보던 나는 슬며시 박스를 닫았다.

응? 뭐가 있었냐고?

HAHAHA! 아무것도 없었어! 그래, 『최고 성능 우주선』이라든가 『스페이스 대왕의 심장』이라든가 『용신제의 목』이라든가…… 아무것도 없었어! 적어도 나는 아무것도 못 봤어! 응, 이걸로 이 얘기는 끝!

생각하기를 완전히 포기한 나는 상쾌하게 웃으며 사리아 곁으로 돌아갔다.

"아, 세이이치! 끝났어?"

"응, 끝났어! 인간으로서 말이야!"

"……정말 괜찮은 거야……?"

사소한 일이잖아. 응응.

이미 스테이터스마저 도망쳤고…… 새삼스럽지!

그런고로 냉큼 돌아가서 울어도 될까?

양의 말대로 칭호와 아이템을 확인한 나는 결과적으로 마지막 순간에 엄청난 정신적 대미지를 받게 되었다.

던전으로부터의 귀환과 보고

"—그래서 던전은 날아갔습니다."

"이해가 안 가네만?!"

바로 학원에 돌아온 나는 그대로 바나 씨에게 던전에 관해 보고했다.

다른 동료들은 쉬라고 먼저 돌려보냈다. 뭐, 조라는 보고해야 해서 따라왔지만.

"그게…… 어쩌다 보니 그렇게 됐다고 할까요…… 무심코 저질러 버렸어요."

"무심코 던전을 날려 버리다니 금시초문일세!"

"이야~ 인생은 정말 어렵네요!"

"좀 더 멀쩡하게 정리할 순 없는 겐가?!"

바나 씨는 몰라요.

어느새 온 우주를 구해 버리는 일도 있다고요.

내 엉망진창 보고를 들은 바나 씨는 크게 한숨을 쉬고서 함께 온 조라를 보았다.

"그래서…… 그 아가씨가 던전에 봉인되어 있었다는 아이인가?"

"아, 네. 조라라고 합니다."

"흠…… 그 안경, 평범한 안경이 아니로군. 눈에 보인 것을 돌로 만들어 버린다고 했나?"

"……네. 제가 제어할 수 있는 힘은 아니지만요……."

"그렇구먼……."

그렇게 말하고서 바나 씨는 팔짱을 꼈다.

"세이이치 군. 자네는 그녀를 어떻게 하려는 겐가?"

"그러네요…… 이렇게 도와주게 됐으니 조라만 괜찮다면 함께 행동하고 싶어요."

"그렇다고 하는데…… 조라 양은 어쩌고 싶지?"

일단 우리를 따라오겠다고 던전에서 이야기를 끝내기는 했지만 혹시 몰라서 한 번 더 확인했다.

그러자 조라는 똑바로 바나 씨를 보았다.

"……저는 세이이치 씨 일행과 함께 행동하고 싶어요. 도움을 받기도 했지만, 무엇보다 세이이치 씨 일행과 함께 있으면 즐거워요. ……짧은 시간이지만 그렇게 실감했어요."

"흠흠…… 자네가 그걸로 좋다면 나는 특별히 할 말이 없네. 이 학원의 학생이 되어도 좋고, 세이이치 군의 조수가 되어도 좋네. 원하는 대로 지내게."

"네! 감사합니다!"

조라는 환하게 웃으며 고개를 끄덕였다. 그런 감정에 맞춰 머리카락의 뱀도 즐겁게 흔들렸다.

"보고 내용은 엉망진창이었으나 어쨌든 수고했네. 덕분에 위험이 사라져서 다행이야."

던전에서 탈출한 직후, 나는 공터가 된 숲에 마법을 써서 나무를 자라게 하여 되도록 원래 상태로 되돌렸다.

뭐, 지금은 마물이 사라져 버렸지만 조만간 생태계도 원래대로 돌아오겠지.

"세이이치 군, 조라 양. 그럼 오늘은 편히 쉬게."

"고맙습니다."

"네!"

우리는 바나 씨에게 인사를 마치고 학원장실을 뒤로했다.

세이이치와 조라가 떠난 후, 바나바스는 크게 한숨을 쉬었다.

"후우…… 이것 참, 이 나이를 먹고도 놀랄 일이 이토록 많을 줄이야……."

약간 어이없음이 담긴 그 말과는 다르게 바나바스의 얼굴은 즐거워 보였다.

"그런데 마신의 부활이 가까운가……. 하지만 세이이치 군이 말하길 지금은 이 세계에 존재하지 않는 모양이고…… 선수를 치고 싶지만 결국 뒤로 밀리게 되는군."

세이이치의 보고로 마신이 실은 던전에 봉인되어 있음을 안 바나바스는 가능하다면 부활 전에 【마신교단】을 일소하고 싶었다.

　붙잡는 데 성공한 데미오로스는 정신이 망가져 버려서 정보를 얻을 수 없었다.

　정신적으로 무사한 앙글레아는 원래 사도조차 아닌 모양이라 중요한 정보는 아무것도 모르는 것 같았다.

　하지만 설령 【마신교단】의 장소를 알았더라도 일소하기는 어려웠다.

　데미오로스처럼 꺼림칙한 힘을 사용하는 사도들에 대한 정보가 압도적으로 부족했다.

　만약 싸우게 되면 적잖은 피해가 생길 것은 자명했고 결과적으로 【마신교단】의 목적인 부정적 감정이 모이게 될 위험성도 있었다.

　"하아…… 마음대로 되지 않는구먼……."

　아무리 생각해도 지금 바나바스가 할 수 있는 일은 없었다.

　심지어 현재 바나바스에게는 그 밖에도 해야 할 일이 있었다.

　"……학원 분위기가 조금이라도 밝아지면 좋을 터인데……."

　그렇게 말한 바나바스는 손에 든 자료를 바라보았다.

　데미오로스의 학원 습격을 막지 못한 것 때문에 그는 학원에 아이를 맡긴 각국의 부모에게 사과하며 돌아다니고 있었다.

그 사건 탓에 『바바드르 마법 학원』을 불신하게 된 보호
자들은 자국으로 아이들을 다시 부르기도 했다. 바나바스
의 필사적인 설득으로 학원에 아이를 남긴 부모들이 있긴
했지만 그다지 좋은 분위기는 아니었다.

『바바드르 마법 학원』은 유일하게 중립인 학원이다.

그것이 얼마나 큰 의미를 지니는지 바나바스는 잘 알고
있었다.

물론 학원을 유지하기 위해 타국으로부터 기부금을 받고
있으므로 완전한 중립은 어렵지만, 그래도 전쟁이나 정치와
상관없이 학생들이 국가 간의 응어리를 초월하여 밝은 미래
를 향해 손을 맞잡을 가능성은 충분히 있었다.

그렇기에 바나바스는 이 학원이 끝장나게 둘 수 없었다.

"결과가 좋게 나올지 나쁘게 나올지…… 어쨌든 학생들에
게 즐길 거리를 줘야겠지."

바나바스가 들고 있는 종이에는 【학원제 알림】이라고 쓰
여 있었다.

번외 전 용사들의 부흥 활동

"어~이, 이번에는 이걸 그쪽으로 옮겨 줘~."

"마법 쓸 수 있는 녀석도 몇 사람 와 줘!"

"부순다, 부순다, 부순다아아아아아아아아!"

"잠깐, 잠깐! 복구 작업 현장에 누가 이 녀석을 불렀어?! 아, 멈춰, 부수지 마! 수리하라고, 멍청아!"

【마신교단】의 습격을 극복한 왕도 테르베르.

사망자는 없었으나 부상자는 나왔고 성벽도 적잖은 피해를 보았다.

세이이치가 던전에 도전하고 있을 때, 모험가와 병사들은 문밖에서 복구 작업 중이었다.

전 용사인 아벨 일행도 그 작업에 참가하여 커다란 잔해 등을 적극적으로 옮기고 있었다.

"영차…… 후우, 이렇게 모험가 활동 외의 작업을 하니 의외로 힘드네."

"그러게. 우리는 굳이 따지자면 마물을 쓰러뜨리는 게 특기니까……."

"뭐, 복구 작업은 사람이 많을수록 좋고, 이런 단순 작업도 의외로 즐거워."

"갈루스 씨는 원래 육체노동이 특기였으니까요. 저는 반대로 고역이라 여러분의 상처를 치료하는 것밖에 못 하네요……."

아벨 일행은 근방의 잔해 철거를 끝내고 일단 모여서 휴식했다.

"하지만 이게 끝나면 모험가 랭크를 올려 준다고 했으니 힘낼 수밖에 없지."

아득한 옛날에 용사로 활약했던 아벨 일행이었으나 지금은 달랐다.

그래서 제아노스 및 루시우스와 함께 모험가로 등록했지만 최저 랭크부터 스타트였다.

최저 랭크로는 제대로 된 토벌 의뢰도 받을 수 없고 잡무가 대부분이라 아벨 일행은 빨리 랭크를 올리고 싶었다.

"왜 그러지, 인간들. 더 안 옮기나?"

"맞다. 그 양팔은 뒀다가 뭐에 쓰려는 것인가."

아벨 일행이 휴식하고 있을 때 이번 일로 세이이치의 부모와 함께 살게 된 사리아의 부모가 고릴라 모습으로 많은 잔해와 새 목재를 옮기며 말했다.

처음에는 마물이라 잘 어울릴 수 있을지 불안했지만, 마코토와 카즈미의 마이페이스와 써니와 아드라멜렉의 호쾌하고 밝은 성격으로 금세 테르베르 사람들에게 받아들여졌다.

이 두 사람도 아벨 일행과 마찬가지로 모험가로 활동할 예정이었다.

"음? 용사들인가. 그런 곳에서 쉬지 말고 더 일해라."

"그, 그렇게 말해도 말이지. 우리는 인간이라 한계가 있어⋯⋯."

"흠⋯⋯ 인간은 불편하군. ⋯⋯아니, 세이이치 공이라면⋯⋯."

"그 녀석을 인간의 기준으로 삼지 말아 줘."

아벨은 진지한 얼굴로 그렇게 부탁했다.

그러자 다른 곳에서 작업하던 제아노스와 루시우스도 모였다.

"음? 써니 씨와 아드라멜렉 씨도 있군."

"휴우~! 이야~ 마왕일 때는 이런 일을 안 했었으니 신선해서 좋아."

제아노스와 루시우스도 평소보다 더 움직이기 편한 복장이었다.

"아, 제아노스 씨랑 루시우스 씨도 휴식인가요?"

"뭐, 그렇지."

"육체노동은 오랜만이라 지쳤어~."

배급된 물을 보급하며 두 사람도 더해 대화가 시작됐다.

"하지만 이 일이 끝나면 어쨌든 랭크가 올라가는 거죠?"

"그렇지. 그렇게 되면 조금은 괜찮은 의뢰도 늘어날 거야."

"⋯⋯옛날에는 약초 채집 같은 걸 했지만, 역시 던전에 들어가서 마물을 쓰러뜨리는 게 성격에 맞단 말이지."

"맞아. 나는 이런 육체노동도 좋아하지만 역시 마물을 사냥하는 게 제일 즐거워."

"우리라면 만일의 사태 같은 건 없겠지만 그래도 모험가는 불안정한 직업이니까. 가능하다면 제대로 된 직업이 더 좋겠지……."

"흠…… 아벨의 파티에서는 릴리아나가 가장 쉽게 구직할 것 같군."

"그, 그런가요?"

"하지만 해 온 일이라고는 전투밖에 없는 우리가 이제 와서 다른 일을 할 수 있을까? 특히 나는 마왕이야. 심지어 당시에는 직함만 대단했지 실무는 부하에게 전부 맡겼는걸!"

"……마왕은 좀 더 위엄 있는 사람일 줄 알았는데……."

각자 향후에 관해 이야기하다가 갑자기 화제가 히이라기 부부와 나튜리아나로 넘어갔다.

"근데 마코토 씨는 뭐 하고 계신가요?"

"……그러고 보니 자세한 내용은 전혀 못 들었네……."

"……지금 저희가 살고 있는 집도 마코토 씨가 찾아 주셨죠? 그 사람들 대체 뭐 하는 분들이죠? 게다가 어디서 손에 넣었는지 상당한 액수의 돈도 가지고 있었는데……."

"……아니, 응. 그건…… 세이이치의 부모님이니까……."

『아…….』

【세이이치】라는 단어만으로 모두가 납득하고 말았다.

"아, 아무튼 우리가 모를 뿐, 마코토 씨도 일을 찾은 거겠지."

"마, 맞아. 나튜리아나 씨도 꽃집을 찾은 모양이라 거기서 일한다는 것 같고……."

"뭐, 일할 수 있을 때 확실히 일해서 돈을 벌어야지."

그런 대화를 하며 휴식을 끝내려고 했을 때였다.

『오오!』

"응?"

갑자기 병사와 봉사 활동에 참가한 주민들이 모인 곳에서 환호성이 일었다.

이상하게 여긴 아벨 일행이 그곳으로 시선을 돌리자—.

"너 대단하다!"

"그렇게나 널려 있던 잔해가 순식간에 정리됐어!"

"게다가 전이 마법도 쓸 수 있지? 진짜 우수하네!"

"……나, 도움이 돼……?"

"그럼, 엄청나게 도움이 돼! 고맙다!"

많은 사람에게 둘러싸인 보물상자가 있었다.

생각지 못한 인물의 모습에 아벨 일행이 아연히 보고 있으니 병사 중 한 사람— 클로드가 보물상자에게 말했다.

"너, 세이이치의 동료라고 했지?"

"……응……."

"그럼 우리 쪽에서 일하지 않을래? 너처럼 아이템 박스로서도 우수하고 게다가 전이 마법을 쓸 수 있는 인재는 흔치 않으니까. 너만큼 우수한 녀석이라면 급료와 대우도 괜찮을 거야. 어때? 만약 관심 있으면 폐하께 소개할게."

"……그건 기쁘다. 나, 제대로 된 직업 원한다……."

"그랬군! 그럼 지금 당장 성에 연락하러 갈 테니까 기다려."

클로드는 그렇게 말하고서 보물상자에 관해 전하기 위해 왕성으로 향했다.

그 모습을 멍하니 바라보고 있는 아벨 일행을 알아차린 보물상자는 득의양양하게 말했다.

"……나, 공무원……."

『뭐, 뭐라고오오오오오오오오오오?!』

그날, 왕도 테르베르에 전 용사들의 절규가 울려 퍼졌다.

진화의 열매 8
~모르는 사이 성공한 인생~

초판 1쇄 발행 2021년 2월 10일

지은이_ Miku
일러스트_ U35
옮긴이_ 송재희

발행인_ 신현호
편집부장_ 윤영천
편집진행_ 김기준 · 김승신 · 원현선 · 권세라 · 유재슬
편집디자인_ 양우연
관리 · 영업_ 김민원 · 조인희

펴낸곳_ (주)디앤씨미디어
등록_ 2002년 4월 25일 제20-260호
주소_ 서울시 구로구 디지털로 26길 111 JnK디지털타워 503호
전화_ 02-333-2513(대표)
팩시밀리_ 02-333-2514
이메일_ lnovelpiya@naver.com
ㄴ노벨 공식 카페_ http://cafe.naver.com/lnovel11

ISBN 979-11-278-5852-0 04830
ISBN 979-11-5981-036-7 (세트)

값 7,800원

©Kou Yatsuhashi/OVERLAP
Illustration Mito Nagishiro

왕녀 전하는 화가 나셨나 봅니다 1권

야츠하시 코우 지음 | 나기시로 미토 일러스트 | 이진주 옮김

왕녀이자 최강의 마술사인 레티시엘은
전쟁으로 목숨을 잃고 천 년 뒤의 세계에 전생한다.
그녀는 마력이 없다는 이유로 무능영애로 취급 당하지만,
레티시엘로서 익힌 「마술」은 사용할 수가 있었다.
그 뒤, 학원에서 레티시엘은 천년 뒤의 「마술」을 직접 목격하고―
그 조잡함에 격노한다!
레티시엘이 선보인 「마술」은 학원을 경악시키고,
이윽고 국왕에게까지 알려지기에 이른다.
정작 레티시엘은 「마술」 연구에 몰두하느라
그 사실을 전혀 알아차리지 못하는데―?!

전생 왕녀가 자신의 길을 걷는
최강 마술담, 개막!!

달이 이끄는 이세계 여행 1~10권

아즈미 케이 지음 | 마츠모토 미츠아키 일러스트 | 정금택 옮김

어느 날, 부모의 사정으로 인해 츠쿠요미노미코토에 이끌려
이세계로 가게 된 나, 미스미 마코토.
치트 능력도 하사받고 이건 그야말로 용사 플래그인가! 라고 생각했더니
이 세계의 여신에게 「너 얼굴 못생겼다」라는 이유로 거절당하고
나는 『세계의 끝』으로 전이당하고 말았다…….
……뭐, 어쩔 수 없지. 기왕에 이렇게 된 거 이세계를 즐겨볼까!
이렇게 오직 내 한 몸만 가지고
타인의 온기를 찾아 여행을 시작하게 되었지만,
만난 것은 향기로운 냄새가 나는 오크 소녀, 시대극에 심취한 드래곤,
마조히즘 속성을 지닌 변태 거미 etc—
……내 주위는 멋들어질 정도로 이종족 페스티벌입니다.
젠장! 웃기지 마! 난 절대로 지지 않을 거니까!!

제5회 알파폴리스 판타지 소설 대상 『독자상 수상작』!

아빠는 영웅, 엄마는 정령, 딸인 나는 전생자. 1~3권

마츠우라 지음 | keepout 일러스트 | 이신 옮김

연구직에 몰두하던 전생(前生)을 거쳐 전생(轉生)했더니
원소의 정령이 되어 있었습니다.
아버지는 전 영웅이고 어머니는 정령의 왕.
저 또한 치트 능력을 받았습니다⋯⋯.
아버지와 어머니, 그리고 정령들에게 사랑을 듬뿍 받으며
쑥쑥(본의 아니게 겉모습만 빼고!) 자라던 어느 날,
아버지와 함께 방문한 인간계에서 어쩌다 보니 임금님의 주목을 받게 되고,
그 탓에 가족이 위기에⋯⋯?
"확실히 부숴버릴 테니 각오해 주세요."

**정령 엘렌, 전생의 지식과 정령의 힘을 구사하여
소중한 가족을 지키겠습니다!**

역시 내 청춘 러브코메디는 잘못됐다. 앤솔로지 1~4권

와타리 와타루 외 지음 | 박정원 옮김

청춘 군상 소설의 금자탑 「역내청」 대망의 완결!
지난 9년간의 궤적과 애니메이션 3기 방영을 축하하며 앤솔로지 4권을 연속 출간!!
본작 「올스타즈」는 역내청을 주제로 한 자유 창작 단편과 일러스트를 모은 책으로,
잇시키 이로하, 히라츠카 시즈카, 카와사키 사키, 토츠카 사이카, 하야마 하야토 등의
이야기를 이시카와 히로시, 오 쟈쿠손, 카와기시 오우코, 사카이다 요시타카,
사가라 소우, 텐신 무카이 등 초호화 작가진이 집필!
또한 인기 일러스트레이터 우카미, U35, 에나미 카츠미,
에렛토, 나나세 메루치, 모모코의 대인기 일러스트레이터와
와타리 와타루, 퐁칸⑧ 콤비도 참여!

전작 미공개 단편으로 구성된 주옥같은 작품집!

라이트노벨의 새로운 빛! L노벨의 신간은 매월 10일에 발매됩니다. http://cafe.naver.com/lnovel11

프리 라이프 이세계 해결사 분투기 1~5권

키가츠케바 케다마 지음 | 카니빔 일러스트 | 이경인 옮김

이세계 생활 3년째인 사야마 타카히로는
해결사 사무소《프리 라이프》의 빈둥빈둥 점주.
하지만 사실은, 신조차도 쓰러뜨릴 수 있는
세계 최강 레벨의 실력자였다!
게으름뱅이지만 곤란한 사람을 내버려 둘 수 없는 타카히로는
못된 권력자를 혼내주거나,
전설급 몬스터에게서 도시를 구하는 등 대활약.
사실은 눈에 띄고 싶지 않은데
개성적인 여자아이들에게도 차례차례 흥미를 끌게 되고?!

**대폭 가필 & 새 이야기 추가로 따끈따끈 지수 120%!
이세계 슬로우 라이프의 금자탑이 문고화!!**

©Tatematsuri/OVERLAP
Illustration Ruria Miyuki

신화 전설이 된 영웅의 이세계담 1~10권

타테마츠리 지음 | 미유키 루리아 일러스트 | 송재희 옮김

오구로 히로는 일찍이 알레테이아라는 이세계로 소환되어
《군신》으로서 동료와 함께 나라를 구하고,
주변 나라들을 정복하여 거대한 제국을 건설했다.
그 후, 히로는 모든 것을 버리기로 각오하고
기억을 잃는 대가로 원래 세계로 귀환한다.
그 후, 매일 행복한 날을 보내던 히로는
무슨 운명인지 또다시 이세계로 소환되고 만다.
그곳은 바로— 1000년 후의 알레테이아?!

자신이 이룩한 영광이 『신화』가 된 세계에서
『쌍흑의 영웅왕』이라 불렸던 소년의 새로운 『신화전설』이 막을 올린다!

라이트노벨의 새로운 빛! L노벨의 신간은 매월 10일에 발매됩니다. http://cafe.naver.com/lnovel11